にわか令嬢は王太子殿下の雇われ婚約者９

香　月　航

W A T A R U　K A D U K I

一迅社文庫アイリス

CONTENTS

にわか令嬢は王太子殿下の雇われ婚約者

Character

レナルド

公爵家の長子。
王太子の補佐官を務めている美青年。

グレアム

リネットの実兄。
美少女顔のため女装が似合う「梟」の頭領。

ミーナ

グレアムの部下の一人。
リネットの専属侍女になってくれた女性。

Words

ロッドフォード王国

魔素が極めて少ない山岳地帯の国。魔術師になれない者たちによって建国されたため、剣術を修めている者が多い。

梟《ふくろう》

初代騎士王を陰から支えた暗殺者集団。現在は諜報活動部隊として活躍している。

リネット

辺境の貧乏伯爵家の娘。
王城の掃除女中をしていたのに、
いつのまにか王太子の婚約者
役をすることになり、ついには
王太子妃になってしまった少女。
家事や掃除や狩りは得意だが、
淑女らしい仕草は大の苦手。
目がとても良い。

アイザック

ロッドフォード王国の王太子。
剣術に優れ、『騎士王の再来』
と高く評価されている。
魔術の才能にも恵まれており、
そのせいで無意識に女性を近
づけないようにしていた過去
がある。現在は、魔力の制御も
習得している。

イラストレーション◆ねぎしきょうこ

にわか令嬢は王太子殿下の雇われ婚約者9

Niwaka Rady is employed as the Prince's fiance. 9th.

1章　王太子夫婦の新たな挑戦

山岳の王国ロッドフォードの山々に、今年も緑の季節がやってきた。

花を楽しめる春も短かったが、標高の高いこの国では夏も短い。近隣の国と比べれば気温もそこまで上昇しないため、避暑にはもってこいの場所として重宝されているほどだ。

そんな国で生まれ育ったリネットにとって、この涼しく短い夏こそが当たり前だったのだが……今年はどうやら、例年とは少し違う夏になるらしい。

それが楽しいものになるか、はたまた過酷《かこく》なものになるかはまだわからない。

だが少なくとも、愛する旦那様と共にすごす、忘れられない夏になることだけは間違いないと確信できた。

――話は、まだ花が散り切っていない頃に遡《さかのぼ》る。

＊　＊　＊

「よし、これで終わり！」

すっかり暮らし慣れてきた王城の奥、王太子妃の私室。今日のリネットは、朝から黙々と机仕事に没頭していた。

とはいっても、他の人々と比べれば『公務』と呼べる仕事はまだまだ少なく、務めというよりは勉強に近いと思っている。

残念ながら高い教養を得る機会に恵まれなかったリネットにとっては、難しくも充実した時間だ。

（今日は誰かに会う予定もないし、たまには体じゃなくて頭を使って頑張らないとね）

王太子妃という立場上、普通の令嬢と比べて人に会うことが多いのだが、今日は珍しく誰とも予定が入っていない。

そんなわけで、書くのに時間がかかる外国語の手紙返信に勤《いそ》しみ、数時間かけてようやく一息ついたところである。

ずっと同じ姿勢《しせい》だった体は鈍痛《どんつう》を訴《うった》えており、特に酷使《こくし》していた利《き》き腕の関節からは悲鳴のような音が聞こえた。

「手紙のお返しを書くだけで、こんなに時間がかかっちゃったわ……」

くたびれてきた辞書と、書き終えた便箋《びんせん》の厚い束《たば》を見て、ふーっと長めに息を吐《は》く。

急ぎの手紙は当然すぐに返しているので、今日書いていたのはそうでないものばかりだ。それでも数時間を要したのだから、なかなか恐ろしい量である。

「そもそも、私が共通語以外で手紙を書くことになるとは思わなかったもの。人生何があるかわからないわ、本当」

便箋に並んでいるのは、やや不格好ではあるが、間違いなく見慣れた共通語とは違う文字だ。これを書いたのがお掃除《そうじ》女中に左遷《させん》されていた元貧乏令嬢だというのだから、なんとも感慨深い。

もっとも、リネットが今の肩書きを得てから、そろそろ『新米』とは呼べなくなる時間が経《た》ってしまっている。できれば書くだけではなく、ちゃんと聞いて話せるようにもなりたいところだ。

(こんなことを考えるようになるなんて、愛の力って偉大)

全ては、大好きな旦那様の隣に立つため。

そのためなら、新しいことにも挑戦したくなるし、知らない世界にも順応したいと思うようになれる。つくづく愛とは素晴らしい。

まあ、愛だけで成長できるほど世の中甘くはないが、まずはやろうと思うきっかけが大事なのだ。たとえ人様より学習速度が遅くとも、心は前を向いていたい。

「さてと、一応文章を確認してもらわないとね。封筒と蝋《ろう》の用意も……」

「どうぞ」

「うわっ⁉」

伸びを兼ねて立ち上がった瞬間、リネットのすぐ後ろから返事が聞こえて、思わず肩が震え上がる。

慌《あわ》ててふり返れば、白と黒のお仕着せに身を包む女性が、きょとんとした様子で首をかしげていた。手にした小さな盆に載っているのは、蝋燭《ろうそく》とマッチ箱、それから手紙を閉じる封蝋の一式である。

「ご所望のものは、こちらではありませんでしたか？」

「いや、それなんだけど……びっくりした。全然気配を感じなかったわ、ミーナ」

「あっ」

今にも飛び出しそうな心臓を押さえれば、状況に気付いたミーナが深く頭を下げる。髪と揃《そろ》いのハシバミ色の瞳は、悲しみをたたえてしょんぼりと潤《うる》んでいた。

容姿だけは気弱そうに見える彼女は、つい最近リネットの専属侍女という立場に納まった女性だ。リネットの故郷アディンセル伯爵領の出身で、幼馴染《おさななじみ》でもある。

王太子妃の専属を任せられるだけあり、侍女としてたいへん優秀な人物なのだが……普通の侍女とは違う部分が、こうして時々リネットを驚かせてくれる。

「すみません。こちらでの仕事に慣れてきたせいか、つい気配を消してしまったようで……失礼いたしました」

「消してるほうが素っていうのがさすがよね」

気配や足音なんて、一般人は気を張っていてもなかなか消せないだろうに。それを当たり前にやってのけるのだから、改めてミーナたちの身体能力の高さに感心するばかりだ。

「今後は気をつけます」

「そっちのほうが楽なら、そのままでいいわ。私がいい加減、慣れればいい話だもの」

「いえ、リネット様はともかく、他の侍女の方を驚かせてしまっても問題ですので。今後はわざと足音を立てるようにしたいと思います」

(私はともかくなんだ)

すっかり幼少期の親しさを取り戻《もど》してきたミーナに、苦笑がこぼれる。

普通なら咎《とが》めるべきだが、彼女はリネットが望んで専属になってもらった相手なので、遠慮がなくなるのはむしろ喜ばしいことだ。

この広い王城で暮らしていくにあたり、心を許せる相手が増えることは、とても幸福なのだから。

何より、皆が足音を消そうと頑張る中で、逆のことに気をつけるミーナは面白くもある。

「あ、そうだ。ミーナはニニム語に詳《くわ》しい？　もしよかったら、手紙の文章を確認して欲しいんだけど」

「ニニム語ですか？」

話題転換とばかりに書きたての便箋を差し出すと、彼女は無駄《むだ》のない動きで盆を置いて、そのまま視線を走らせる。素早い目の動きは、正《まさ》しく手練《てだ》れのそれだ。

「……確認しました。私もお教えできるほどの知識はないので断言できませんが、綴《つづ》りの誤りなどはないと思います」

「そのまま読めるだけでもすごいわ。ありがとう」

「いえ、本当に最低限の知識しかありませんので。……すみません。本当は、リネット様にちゃんと教育を受けていただきたかったのですが」

最後の行まで読み切ったミーナは、また俯《うつむ》いてしまう。どうやら、リネットの育ちを気にしてくれたようだ。

伯爵令嬢であったリネットが、今になってようやく外国語を書けるようになったのに、一領民のミーナが先に学んでいたことを申し訳なく感じたのだろう。

（確かに、私は貴族の娘としては勉強の機会に恵まれなかったけど）

それは決してミーナたちのせいではないし、令嬢らしさを捨てて皆と山を駆け巡る生き方を選択したのはリネットだ。

むしろ土地を治める者として、民に貧乏な生活をさせてしまったことを詫《わ》びるべきである。

「ミーナが謝る理由はどこにもないわ。貴女《あなた》が学んだことで私を支えてくれるのは、本当にありがたいもの。不甲斐《ふがい》ない私が謝りたいぐらいよ」

「私は……いえ、リネット様はそういう方でしたね。今後も私にできる限りの全てで、誠心誠意お仕えさせていただきます」

ミーナは何かを言いかけてから首を横にふり、表情を柔らかな笑みに変えた。

過去や育ちが大変だったのは認めるが、今のリネットはもう貧乏令嬢ではないのだ。昔のことはある程度置いておいて、これからのことを一緒に考えてくれたら嬉《うれ》しいと思う。

「リネット様、もし急ぎの手紙でなければ、私の〝同僚〟に頼みましょうか？　外国語で喋《しゃべ》るほうが得意な者がおりますので」

「そんな人もいるんだ。貴女たちの集まり、本当に多彩で頼もしすぎるわよね」

気を取り直して提案してくるミーナに、驚きつつも「ぜひ」と便箋の束を預ける。

この場合、彼女の言う同僚は王城の侍女仲間ではない。〝気配を消しているのが普通〟な集まりのほうだ。

今回の手紙は全て挨拶《あいさつ》状などの見られても大丈夫な内容なので、確認を頼んでも問題ないだろう。

(今後のことを考えたら、やっぱり一人で読み書きできるようになりたいけど。でも、きっとどこから手紙が来たなんて情報は、全部把握されてそうよね)

何せ彼ら、ミーナの本業である集まり――『梟《ふくろう》』は、この国で右に出る者がいない諜報《ちょうほう》部隊なのだから。

元は暗殺者だった『梟』はアディンセル伯爵家の祖であり、剣《つるぎ》の王国ロッドフォードの初代騎士王の恩人にあたる存在だったらしい。

現在は殺しを請《う》け負っていないものの、技術をしっかり継承した彼らは、誰にも気取られず陰からロッドフォードを支えている。

ミーナも今は侍女として仕えてくれているが、その技能は彼女が諜報に使うために身につけたものだ。正直、リネットの専属をお願いするのはもったいないぐらい、超有能な人材なのである。

（せっかく専属を引き受けてくれたのだから、彼女にも相応《ふさわ》しい王太子妃にならなきゃね）

リネットは学もない元貧乏令嬢だが、言い換えれば伸びしろは誰よりも大きい。

素晴らしい旦那様に有能すぎる侍女。他にも沢山《たくさん》の人々に支えられているこの生活を、誰にでも誇れる有意義なものにしていきたい。

そう改めて決意していると――ふいに、ミーナの視線が天井近くの壁へと動いた。

「ミーナ？」

この私室は広くて上等な造りだが、彼女が見ている場所には特に何もない。では、もしかして、と予想しながら反応を待っていると、すっとミーナの視線が戻ってきた。

「ちょうどいい頃合いだったようですね。次にお部屋に戻る時には、お預かりした手紙の確認が終わっていると思います」

「頃合い？」

リネットがオウム返しに訊《たず》ねると、今度は扉のほうから軽快なノックが響く。まるで今の質問に答えるように。

「リネット様、王太子殿下が大事なお話があるとのことです。今お時間がよろしければ、殿下の執務室のほうにお願いいたします」

扉越しに聞こえてきたのは、顔馴染の護衛の声だった。

ミーナに確認しようと顔を向け直せば、すでに彼女は姿見の横で櫛《くし》を構えて待機している。先ほどの不自然な視線の動きは、別の『梟』からこの話を聞いていたのだろう。リネットには決して察知できない手段で。

「今日も私の侍女は優秀すぎて、ちょっと怖いわ」

「では、次からはもう少しあからさまにやりとりをいたしますね。さあ、リネット様。お部屋を出る支度《したく》をいたしましょう」

にこりと害意の一切感じられない笑みを浮かべるミーナに、リネットは大人《おとな》しく両手を挙げて応えた。

(そういえば、今朝お話があると聞いた気がするわね)

支度してもらった紫色のドレスの生地が少し薄くなったことで夏の近づきを感じつつ、リネットはすぐに待ち合わせの執務室へ向けて部屋を出た。

その道すがら、今朝ベッドの中で交わした会話をふと思い出したのだ。

夫婦なので当然寝室は共にしているが、多忙な王太子であり、かつ軍の朝の訓練に参加する彼の起床は、リネットよりもずっと早い。

無論、日の出と同時に働いていたリネットにとって早起きなどなんの苦でもないが、世話をしてくれる人々のことを考えれば、先に出ていく旦那様を見送るのが最適解なのである。

そんなわけで、今日もベッドの中から彼に手をふったのだが、その時にこんな話をしたのだ。

「今日は新しい試《こころ》みについて、国王陛下と話をしてくる。その後でリネットにも説明と相談をすることになると思うから、よろしく頼む」と。

しかしリネットは、外国語の手紙に四苦八苦していたせいで、先ほど呼ばれるまでその話をすっかり忘れてしまっていた。約束を破ったわけではないが、妻として最愛の人の話を忘れていたのは、正直ちょっと恥ずかしい。

人と会う予定を入れていなかったことも、何か別の用事があると思いつきそうなものだが……まあ、済んだことを悔やんでも仕方ない。

(気持ちを切り替えなくちゃ。それにしても、新しい試みか)

結婚する前も結婚してからも、彼とは多くの新しいことに手を出してきている。

リネットたちが望んだものもあれば、不可抗力で変えるしかなかったものもあるが、ロッドフォードが少しずつ変わりつつあるのは事実だ。

当事者の一人としては、この変化が国にとって良い意味を持つと願いたい。

(国王陛下に相談してから決めるってことは、結構大事なことよね。うーん、なんだろう)

一応国王は義父にあたるものの、リネットが話せる機会はあまりない。後継ぎとして王妃とは頻繁《ひんぱん》に交流しているが、国王と最後に話したのはいつだったか、記憶が怪しいほどだ。

もしかしたら、今回のことをきっかけに話すようになるかもしれないが……少なくとも『これだ』と思うような試みは、リネットには思いつかなかった。

「リネット様、着きましたよ?」

「っと、ごめんなさい。少し考えごとをしていたわ」

ミーナからの呼びかけに意識を現実へ戻せば、いつの間にか見覚えのある大きな扉が目の前にあった。

廊下でリネットを待つ軍人たちが着用しているのは、紺地に銀糸で刺繍《ししゅう》が入った直属部隊専用の軍服である。もちろん、長い付き合いを経《へ》て全員と顔見知りになった。

見間違えようがない、全ての始まりの場でもある王太子の執務室だ。

(なんだかんだで、こっちに来るのは久しぶりかも?)

意図せず、喉がこくりと音を鳴らす。

机仕事は私室で行《おこな》っているし、人に会う時は客間だったり庭に席を設けたりしているので、この部屋を訪れる理由もない。

以前はこちらへ出向かなければ会えなかったが、結婚後はほぼ毎晩一緒に眠っているので、寂しく感じることも少なくなった。

（つまり、この執務室へ呼ばれるのは〝何か問題があった時〟なのよね）

おかげで、見慣れたはずの扉になんだか威圧感を覚えてしまう。国王がかかわっている以上、それはきっと当たらずとも遠からずで――。

「何をしているんだ？」

「わっ⁉」

なんてことを考えていたら、問題の扉が内側から開き、ノックをしようと構えていた手がかくんと空を切った。

「リネット」

代わりに、温かくて心地よい場所にリネットの額《ひたい》がぶつかる。

毎晩ぴったりとくっついているそこ……最愛の人の厚い胸板に、勝手に頬《ほお》が緩《ゆる》んでしまった。

「すみません。お待たせしました、アイザック様」

「ああ。よく来たな」

条件反射で両手を背に回せば、彼も応えるように太い腕で抱き締めてくれる。閉じ込めるようなしっかりとした抱擁《ほうよう》に、リネットの口からは抑えきれない笑みがこぼれた。

軍人の中でも立派な体躯《たいく》を持ち、このロッドフォードの名を世に知らしめた〝剣《つるぎ》の王太子〟である彼こそが、リネットの最愛の旦那様アイザックだ。

王族特有の燃えるような赤髪と、母譲りの紫水晶の瞳を持つ彼は、鋭《するど》い美貌から獅子《しし》とも称され、結婚後も国中から憧憬《しょうけい》と羨望《せんぼう》の眼差《まなざ》しを一身に受けている。

にもかかわらず、こうして妻であるリネットを一途《いちず》に愛してくれるのだから、本当にたまらない。誰になんと言われようとも、リネットこそが世界で一番幸せな妻だと、結婚当時から自負している。

「……お取込み中失礼いたします。どうにも既視感《きしかん》があるのですが、以前にも同じことをなさっていませんでしたか？」

「ん、そうだったか？」

リネットが幸せを噛《か》みしめていると、ミーナから遠慮のない質問が聞こえてくる。

アイザックは基本的に接触が多めなので、こうしてくっつくこともすっかり日常となっているが、わざわざミーナが指摘するのなら何かありそうだ。

「何かありましたっけ？」

「俺はリネットが傍《そば》にいる時は、抱き締めるものだと思っているからな」

「王太子殿下は、くっついていないと死ぬご病気なのでしたね」

不敬ギリギリどころか普通ならまずダメな発言だが、ミーナがそう言いたくなる気持ちがわかっている部下たちは、止めるようなそぶりもない。

……張本人のリネットも、自分たちのほうがズレている自覚があるので、苦笑を返すだけだ。呆《あき》れられるとわかっていても旦那様は格好いいし、望まれればくっつきたくなってしまうのだから。

「では、私が代わりに答えますよ」

「いった⁉」

――次の瞬間、アイザックの頭部から軽い……というにはだいぶ痛そうな、高い打撃音が鳴り響いた。

慌てて彼がふり返れば、扉のすぐ傍に立つのは、アイザックと同じぐらい長身で亜麻色《あまいろ》の髪の美丈夫《びじょうふ》である。その手に、紙をぎっちりと丸めた分厚い束を構えて。

「レナルド、お前……今の紙の音じゃなかった気がするんだが」

「脆《もろ》い物でも束ねれば鈍器《どんき》になりますからね。こっちの用箋《ようせん》ばさみで叩《たた》かなかっただけ、まだ優しいと思って下さいよ」

彼が反対の手に持つ板を自身の腿《もも》に当てれば、それもまたいい音を立てる。どちらのほうが痛いかは、当たりどころ次第《しだい》だろう。

この王太子に対してあからさまな非礼を働いている男は、側近《そっきん》を務めるレナルドだ。

普通なら極刑もののやりとりだが、レナルドは筆頭貴族ブライトン公爵家の長子であり、アイザックの幼馴染かつリネットの義兄という盤石すぎる立場のため、その行動に今更《いまさら》何か言う者もいない。

そもそも、こうした気軽な行動は信頼の証《あかし》でもあるのだ。この場にいる者は皆、それを充分にわかっている。

「いやでも、本気で痛かったぞ。リネットに当たったらどうするつもりだ」

「私がそんなヘマをするはずがないでしょう。部屋の主が来客対応をするなと、何度言ったら聞いて下さるんです？　なんのための警備だと思っているのですか、まったく」

（あっ！）

はっとしてリネットが視線を動かせば、扉のすぐ近くに立っていた部下が所在なさげに佇《たたず》んでいる。ミーナが『既視感を覚える』と言ったのはこれだ。

「思い出しました。前にも全く同じ理由で、レナルド様に頭を叩かれてましたね」

「そういえばそうだな。だが、俺も同じ答えを返させてもらうぞ。来客ではなく、俺の妻だ。夫が妻を迎えに出て何が悪い」

「部屋に入るだけの数秒も待てないのですか、貴方《あなた》は」

そりゃあリネットだって、一分一秒でも長くアイザックと一緒にいたいとは思うが、警備を無視して動くのは色んな意味でよろしくない。たとえ一番強いのが彼本人だとしても。

それに、アイザックが勝手な行動をしたら、止められなかった部下のほうが叱責《しっせき》される可能性もあるのだ。これはアイザックが悪い。

「とにかく、イチャイチャするのは執務室に入ってからにして下さい。いいですね？　もしまたやったら、躾《しつけ》のなっていない駄犬《だけん》殿下と呼びますから」

口元は笑っているのに目は全く笑っていない側近を見て、アイザックは渋々首肯《しぶしぶしゅこう》して返す。さすがに王太子を駄犬呼ばわりはどうかと思うが、レナルドはやると言ったらやるだろう。

返事を確認したレナルドは軍靴《ぐんか》を鳴らして室内へ戻り、若干萎《じゃっかんしお》れたアイザックとくっついたままのリネットも続く。

執務室の中央、リネットのお気に入りの応接用ソファには、すでに他の面々が揃っていた。

「駄犬殿下とは、また珍妙なあだ名がつきましたね」

「ちょっと兄さん！　まだそんな呼び方しないで！」

リネットが声をかけるよりも早く、ソファの後ろに立っていた一人がくすくすとおかしそうに声をこぼした。

リネットと同じ茶色の髪と、亡き母譲りの澄《す》んだ青眼を持つ美少女……にしか見えない彼は、実兄のグレアムだ。

アイザック直属隊の軍装で主君をからかうのはどうかと思うが、グレアムは生粋《きっすい》の軍人ではなく、ミーナと同じアディンセル伯爵領の諜報部隊『梟』の頭領である。

諸事情あって部隊ごとアイザックに雇われており、信頼関係はあれど忠誠心は微妙なようだ。

「王太子殿下を駄犬とは、ブライトン公爵令息は少々変わった冗談のセンスをお持ちですね」

「……では……と思う」

そのまま流れでソファへ視線を動かすと、座っていた二人がすっと立ち上がり、それぞれお手本のような所作《しょさ》で頭を下げた。

一人はアイザックと同じ王族特有の赤髪を持ち、それで目元を覆《おお》い隠しているやや気弱そうな男性。

もう一人は、ゆるく波打つ青みがかった黒髪の女性だ。ふわりと揺れた亜麻色のドレスが彼女の華奢《きゃしゃ》な体を守るようで、儚《はかな》くも美しい。

「マテウス様とシャノン様もいらしたのですね。お待たせしてすみません」

「いいえ、わたくしどももつい先ほど参りましたので。お気になさらないで下さいませ、リネット様」

蕾《つぼみ》が綻《ほころ》ぶような笑みに、同性ながらリネットは思わず見惚《みと》れてしまう。

男性のほうがアイザックの従弟《いとこ》であり、今は部下でもあるファロン公爵令息マテウス。

そして女性のほうが、〝王太子妃の相談役〟を務めるリネットの友人、ハリーズ侯爵令嬢シャノンだ。

二人ともリネットたちにとって大切な仲間には違いないが……正直、彼らがこの場にいるのは少々意外だった。

(マテウス様はアイザック様の側近だし、王弟殿下のご子息として関係はあるだろうけど。シャノン様もかかわるお話とは思わなかったわ)

ハリーズ侯爵家は名家だが、決して特別扱いをする相手ではない。では、わざわざ国王に相談した試みに、シャノンがかかわってくるのだろうか。

気になるが、とにかくアイザックの話を聞かなければ始まらない。

リネットが少し急いで彼らの向かいのソファに座ると、当たり前のようにアイザックも隣に腰かける。レナルドとミーナはそれぞれの主人の背後に立ち、グレアムはマテウスの後ろへと回った。これは、マテウスの通訳役のためだ。

「……の、僕は……べきじゃ……」

「『僕も立っているべき』ですか？　座っててくれと言われていますし、このままでいいと思いますよ」

この通り、人とかかわるのがあまり得意でないマテウスは、とにかく声量が小さいのだ。おかげで、人並み外れて耳が良いグレアムが通訳するのが当たり前になっている。

「二人とも座ってくれ。今回の件は、お前たちの協力が必要不可欠だからな」

「あ、はい……」

アイザックにも促《うなが》されたので、マテウスたちもソファに腰を下ろす。と同時に、席の中央のテーブルに大きな紙が並べられていく。一枚はこの国の地図のようだ。

「さて、待たせて悪かったな。実は俺たち夫婦に大きな事業を任せたいと、国王陛下からじきじきに相談を受けていたんだが、今日正式に承認が下りた」

アイザックのはっきりした声に、集まった全員の背筋が伸びる。

王太子の彼が言う〝大きな事業〟とは、リネットには想像もつかない話だ。

「ほら、少し前にリネットが主催した夜会があっただろう？　あれがとても評判がよかったそうでな。俺は元から色々とやっていたし、ぜひ夫婦にとご指名いただいたんだ」

「あの夜会ですか！」

どの催事を指されているのかは、リネットでもすぐにわかった。便宜上夜会と名乗っているが、正しくはお披露目会《ひろめ》だったものだ。

披露されたのは、この国では聖遺物《せいいぶつ》とも呼べる代物《しろもの》――王城の特別な建物、宝物庫の地下より発見された、初代騎士王ロッドフォードの剣である。

かの品を国民たちにも見てもらえるよう、リネット主導で場を設けさせてもらったのは、まだ記憶に新しい。

「確かに、主催者として私の名前を出していただきましたが、あの夜会は皆の協力があって初めて開催できたものです。私一人の功績として扱うのは、申し訳ないですよ。それに、あの剣が見つかるまでには、沢山の人たちに迷惑がかかっているのですし」

リネットが視線を下へ向けると、皆にも何とも言えない空気が漂《ただよ》う。

本当に、剣が見つかるまでは大変だった。防衛のために施された仕掛けが妙な形で発動した結果、城内で〝幽霊騒動〟にまで発展してしまい、あちこちが被害を受けたのだ。

お披露目の場こそリネットが取り仕切ったが、剣の発見までの功労者はアイザックであり、城に勤める皆だとリネットは思っている。

「皆の助力あっての成功だというのは俺もわかっている。だが、リネットが人一倍頑張ってくれたことは、この場の全員が知っていることだ。お前はよくやってくれた。ちゃんと自信を持て、リネット」

「アイザック様……」

下げた視線を戻せば、柔らかく微笑《ほほえ》む旦那様の顔が視界いっぱいに映る。

そもそも、リネットが件《くだん》の夜会に『主催として参加したい』と願い出たのは、アイザックに相応しい王太子妃になりたいから、というのが理由だ。

何せ、彼の実母である現王妃は本当に優れた女性なのだ。後継者として常に比較されるリネットは、彼女を尊敬すると同時に、己を不甲斐なく思っていた。

だが、他ならぬアイザックが〝王妃とは違う、リネットらしい王太子妃を目指せばいい〟と受け入れてくれたことで、前ほどは落ち込まなくなってきている。

あの夜会は、そんなリネットらしいやり方を初めて見せる場でもあった。

（評判がよかったってことは、私らしいやり方が受け入れられたってことよね。そう考えると、

やっぱり嬉しいかも)

これでアイザックの隣に合う女性に、また一歩近づけただろう。自分一人の成果ではないが、思わず頬が緩んでしまう。

「……それで殿下、大きな事業とは具体的に何です？　貴方はともかく、うちの愚妹《ぐまい》を巻き込む話となると、オレには想像もつきませんが」

「はっ、確かに」

話題を戻すように訊ねる実兄の声に、リネットは慌てて表情を引き締める。喜ぶのはこの話が終わってからだ。

ぴっと姿勢も正したリネットに、アイザックは少しだけ笑いをこぼしてから、また正面へと向き直る。

「陛下から任された事業は、我が国に観光地を作ること、だ」

そして告げられた言葉に、アイザック以外の全員が目を見開いた。

剣の王国ロッドフォードにとって、観光という言葉があまりにも不似合いだからだ。

「観光って、景色や習慣を楽しむための旅行、のことですよね？」

「ああ、それだ」

「この国で、観光……？」

首肯するアイザックに対して、訊ねたグレアムは眉間《みけん》にぐっと皺《しわ》を寄せている。

リネットも兄と同意見だ。ロッドフォードは山岳地帯にあるため、景色といったらとにかく山と木々、たまに水辺がある程度である。どこを見ても自然のみで、鑑賞に足るような美しい建物や街並みもない。

何より、ここは他国の人間が滞在するのに、非常に面倒な土地として有名なところだ。

――魔素がないせいで、魔術が使えないのだから。

(よその国では、日常生活に魔術が組み込まれているものね)

魔術とは、空気中の魔素を用いて様々な現象を起こす不思議な技術の総称だ。できることも、必要なものも千差万別ではあるが、ロッドフォードではその全てがまず使えなくなる。

魔術に頼って便利な暮らしをしてきた者からすれば、この国では生活水準を落とすことになってしまう。果たしてそれは、楽しい旅行といえるのか。

(厳密には、魔素がないわけでもないんだけど)

より正確には、ロッドフォードは魔素のない環境を意図的に作った国なのだ。根底には、先の初代騎士王が施した仕掛けがかかわってくる。

ただ、この国の興《おこ》りが〝魔術が使えないことで、虐《しいた》げられた者たちによる亡命〟だった以上、この部分はどんな事業をするにしても変わらないはずだ。

とにかく、生まれ育った国民としては何の不満もないが、よそから来た者に楽しんでもらえるとは思えない、がリネットの本音だ。そこに観光地を作れとは、聞くだけでもだいぶ難問である。

「といいますか、我が国に来て何を観光するんでしょう。雄大すぎる自然しかないですよ。王城見学とかなら、まだわかりますけど」

「まあ、ずっと住んでいる俺たちには、価値はわからないよな」

疑問符を浮かべるリネットに、アイザックも苦笑を返す。続けて、テーブルに載せた地図にすっと指を走らせた。

「とりあえず、予定地はこの辺り。コナハンという土地だ」

アイザックが示したのは、王都よりも隣国寄りの場所だ。主要街道からやや逸《そ》れており、それこそ山の中である。

「ここ、何かありましたっけ？」

「強《し》いて言うなら、大きな湖がありますね。他は特には……付近にも村があるだけですし」

リネットの問いには、背後のミーナが答えてくれる。さすが、国中を走り回って情報を集めている『梟』だけあり、地理に強いようだ。

「コナハンというと、国有地に〝戻ったばかり〟の土地ですか」

「さすがグレアム殿、その通りです」

同じく『梟』として答えたグレアムに、今度はレナルドが頷《うなず》く。つまり、治めていた貴族が手放した土地ということだ。

「領地を手放すって、結構なことですよね。私の実家みたいに、貧乏な貴族が治めていたんでしょうか」

「貧乏ではなかったぞ。ただ、犯罪者が運営に携《たずさ》わっていたから、関係者としては謝罪も兼ねて王家に返上するよりなかったようだな」

「犯罪者!?」

予想外の返答に、リネットの肩が跳ねる。事情を知っている者たちは、「そういえば言ってなかったな」と、内容の割には軽く続けた。

「覚えていないかもしれないが、ここは潜伏魔術師たちがかかわっていた土地なんだよ。ほら、ファビアン殿下が最初に訪れた時に、大捕り物をしただろう」

「ああ、あの時の！ ……いや、いくら私でも忘れませんよ!?」

「それはよかった」

意外そうに頬を緩めたアイザックに、ちょっと悲しくなる。……潜伏魔術師の事件は、リネットが忘れるような簡単な話ではない。

(だって私、誘拐《ゆうかい》されたもの)

彼らは、魔術師の罪人……魔術を研究する国際機関『魔術師協会』の定めた法を破って指名手配されていた者たちなのだが、アイザックの言った通り、それ以外の国の法にも違反しており、正真正銘の犯罪者だった。

まさか、〝魔術の使えない国〟に魔術師が潜伏しているとは思われず、捕まえに来た協会の者たちも人数の多さに驚いたほどである。

その一件で知り合った協会の幹部であり、魔術大国エルヴェシウスの王子でもあるファビアンとは、今も交流が続いている。……そんなきっかけの事件を忘れるわけがない。

「あの人たちがかかわっていた土地なら、返還もやむなしですね」

「もともと是正勧告《ぜせいかんこく》も何度か出されていたらしいからな。今は王家から人を派遣して改善されているが、土地の印象を良くするという意味でも、今回選ばれたんだ」

犯罪者が隠れていた土地といったら、それは印象が悪いだろう。

そこに〝剣の王太子の新しい事業〟という良い意味で話題性のある企画を持っていくのは、被害者のコナハンの民にとっても喜ばしいはずだ。

「それに、今回は俺たちだけの話じゃなくてな。実はマクファーレンも協力してくれている」

「ええっ!?」

アイザックのさらなる爆弾発言に、彼以外の全員が声を上げる。

地図を見れば、コナハンの地が隣国マクファーレンに近いことはわかるが、それだけで一国が協力してくれるとも思えない。

「それって、ソニア様が動いて下さったってことですか？」

「ああ。めちゃくちゃ乗り気だったぞ、あの男装王女」

「……そんな感じがします。前にそういうお話をしてましたしね」

ソニアは海沿いの隣国マクファーレン王国の王太子であり、リネットたちとは友人と呼べるほど親しい女性だ。

アイザックが口にしたあだ名の通り、男装を好む凛々《りり》しくも少々変わった王女で、隣国内では絶大な人気を誇っている。

（初めてお会いした時は、こんなに親交が続くと思わなかったけど。未来なんてわからないものね）

ソニアがこの国を訪れた当時、リネットはアイザックと婚約をしたばかりで、彼女も肩書きは第一王女だった。しかも彼女の訪問目的は、アイザックに嫁《とつ》ぐためだったのだ。

そこからマクファーレン王家のゴタゴタに巻き込まれつつも、アイザックを筆頭に皆で取り組み、事件解決へと至った。これも忘れられない記憶だ。

ソニアはこの一件で親善大使に任ぜられて、立太子した今も続いている。

そんな彼女がロッドフォードについて、以前こう言っていたのだ。この国は真面目《まじめ》すぎる、娯楽が少ない、と。

他国の王族ならではの意見も述べてくれて、当時は『そんな考えもあるのか』と参考に聞いていただけだったのだが。

「まさか本当に、観光業を起こすことになるとは思いませんでした」

「俺もだ。ずっと住んでいる俺たちには、土地の魅力はなかなかわからないからな。ロッドフォードの民は、外を知らなすぎる」

「……それは、私たちにも耳が痛い言葉ですね」

皆がなんとなく視線を逸らす。国の始まりが変わっているせいか、他国へ出たがる者があまりいないのもロッドフォードの特徴だ。

リネットだって、王族のアイザックと結婚していなければ、外国へ行こうなどとは思いもしなかっただろう。公務で隣国へ訪問しただけだが、それでも珍しいのだ。

「ソニア王女は、かなり早くからあちらの国王に話をしてくれていたそうだ。で、先の立太子式典で俺たちにまた借りができたから、本格的な協力を決定したらしい」

「ああ……」

俺たちといったが、正しくはアイザックへの借りだ。

マクファーレン王家は色々と問題を抱えていたようで、リネットたちが招かれた立太子式典でもまた一騒動あり、それをアイザックが解決したのである。

彼はなんてことないように言うが、内容は偉業と呼ぶに相応しいものばかりだ。

「恩に着せるつもりはありませんが、あちらとしては当然の判断かもしれませんね。にしても、マクファーレン協賛の事業となると、規模がより大きくなった気がします」

「違いない。が、本人は『見合い話がきすぎて大変だから、ちょっと息抜きしたい』と言っていたし、そんなに構えなくてもいいだろう」

「あー……ソニア様なら、多分本当に大変なことになってるやつですね」

「あの男装王女、笑えるほどにモテるからな……特に女性に」

アイザックの乾いた声に、レナルドとグレアムもうんうんと何度も頷く。

実際に、ソニアの同性からのモテっぷりは凄《すさ》まじい。男性陣が嫉妬のあまり、変な宗教にハマったり反乱を起こすほどなのだ。笑うしかないが、笑えない。

「とにかく、こういう大規模な話が進んでいるから、お前たちにも準備をして欲しいんだが――待たせたなマテウス、シャノン嬢。二人に頼みたいことについてだ」

「はい」

一度腰を上げて座り直したアイザックに、向かいの二人が同時に答える。

……場に気を遣ってくれたのか、彼らはずっと静かに待っていたのだ。

「二人には、この観光地の宣伝役を頼みたい。団体客を迎えられるよう大きめの宿泊施設を造ることは決まっているが……もう一つ、催事場も建てる予定を組んでいてな」

「催事場、でございますか？」

オウム返しに訊ねたシャノンに、アイザックは強く頷く。

催事といっても様々なものがある。人を集めて楽しむパーティーや祝い事から、式典のような厳《おごそ》かなものまで。

だが、わざわざマテウスとシャノンの〝二人に〟頼みたいと限定した催事なら……リネットにも確信的に思い当たるものが一つある。

「アイザック様、それって」

「ああ」

旦那様を確認の意味で呼べば、彼の口端《くちは》がにっと吊《つ》り上がった。

「お前たち二人に、新しい催事場で結婚式を挙げて欲しい」

アイザックのはっきりした声に、シャノンは翡翠《ひすい》の目をこぼれ落ちんばかりに見開き、マテウスは慌てた様子でソファから立ち上がった。

「け……結婚式!? 僕と、シャノンの!?」

「お、いい声量だなマテウス。普段からそれぐらいで頼む」

さらに笑みを深めるアイザックに、マテウスの頬は茹蛸《ゆでだこ》のように真っ赤に染まっていく。

マテウスとシャノンの婚約は一応家同士が決めたものだが、二人がリネットたち同様に愛し合って結ばれていることは周知のことだ。

むしろ、どちらも溺愛《できあい》と呼べるほど互いを大事にしており、マテウスは体調を崩しがちなシャノンのために薬学を修《おさ》め、職にしていたぐらいである。

（恋愛感情で結ばれた二人の結婚式なら、きっと参列者皆が幸せな気持ちになるような、素敵な式が期待できそう！）

王弟の子息と有力貴族の子女の組み合わせなので、貴族たちも彼らには注目している。その挙式をできたばかりの催事場で執り行うとしたら、話題性は抜群だろう。宣伝としては、この上ないものと思われる。

「け、結婚式なんて……僕たちは、まだ……」

「何を言う。時間がかかる決めごとやドレスの依頼なんかは、もう進めているだろう。知らないとは言わせないぞ」

「それは……」

マテウスは両手を胸の前で組んでそわそわしていたが、やがて小さく頷いた。彼のほうが花《はな》婿《むこ》なのに、初々《ういうい》しさは乙女のようだ。

「お前たちにも希望はあるだろうから、強制するつもりはない。ただ、協力してくれるととても助かる。もちろん謝礼は出すし、式の費用も王家が全額負担しよう。なんなら、披露宴を王都で再度やり直してくれてもいい」

「太っ腹ですね、殿下」

ヒュウと口笛を鳴らすグレアムに、「当然だ」とアイザックは表情を引き締めて答える。結婚式といえば、生涯一度の晴れ舞台だ。アイザックも自身の式に色々とこだわっていたので、無理強いをするつもりはないらしい。

(結婚式といったら、やっぱり主役は花嫁よね。シャノン様はどう思ってるのかしら)

マテウスが立ち上がって照れている間も、彼女はずっと座ったまま黙っている。

――もしや、すでに理想の挙式に向けて準備を進めていて、それが台無しになってしまうことに衝撃を受けているのか。

「あの、シャノン様……？」

リネットが恐る恐る確認すると、シャノンは何やらぶつぶつと呟《つぶや》いていた。

マテウスの通訳役であるグレアムが耳を澄ませる……までもなく、リネットたちの耳にもその言葉は届いてくる。

「マテウス様の花婿姿……純白をまとうマテウス様の美しさは、どれほどでしょう。芍薬《しゃくやく》も牡丹《ぼたん》も百合《ゆり》も、数多《あまた》の花がきっと例えにすら足りませんわね。だってマテウス様は、シャツ一枚のお姿すらも、国宝のごとき輝きを持つ方ですもの。純白の正装に映える鮮《あざ》やかな赤い御髪《おぐし》と、豊穣《ほうじょう》の大地を思わせる凛々しい瞳……ああ、天上の奇跡とは正《まさ》にこの方のことですわ。目が眩《くら》んでしまわないよう、参列される方々には色ガラスの眼鏡《めがね》をご用意するべきかしら。でも、それではマテウス様の晴れ姿が見えなくなってしまいますし……」

……とのことだ。

まだ何も始まっていない内からの陶酔《とうすい》ぶりに、リネットは再度呼びかけてみる。

「シャノン様、もしもーし？」

「はい」

今度はちゃんと気付いてくれたシャノンは、すぐさま瞳に理知的な色を宿す。

続けて、一度ぎゅっと瞼《まぶた》を閉じ。

「――このお話、謹《つつし》んでお受けしたいと思います」

アイザックをまっすぐに見据えて、答えた。

勇《いさ》ましささえ感じる、しっかりとした声である。

「本当にいいのだな、ハリーズ侯爵令嬢」

「もちろんです。わたくしは、王太子殿下のご慧眼《けいがん》に、感服いたしました」

「……ん？」

アイザックの確認に大げさなほど首肯するシャノンを見て、また違和感を覚える。

今回の話は新しくて規模の大きい試みではあるが、〝ご慧眼〟と評するような内容だっただろうか。

「やはり王太子殿下も、マテウス様の挙式は世界に発信するべき尊いものだと思っていて下さったのですね!!」

「おっと。まだ終わってなかったか」

あっという間に興奮した彼女の主張に、この場の全員が生暖かい心で一つになる。

そう、マテウスがシャノンを想い、学んできたのと同じように、シャノンもまたマテウスのことを深く愛しているのだ。……それはもう、崇拝《すうはい》と呼ぶ域に達するほどに。

「マテウス様の一生に一度の晴れ舞台ですもの！　間違いなく、世界中の方が参列したいと思っているはずですわ！　ですが、会場の広さも有限。王都で一番大きな教会をお借りしても、お呼びできるのはほんの一握りの方だけですから……実はお客様の選定に苦心していたのです。披露宴を何日か続けて行えばよいかと思ったのですけれど、それも両親に反対されてしまいまして」

「そりゃあ普通は反対するだろう」

王太子の結婚式だって一日で全て終わったのに、貴族同士の披露宴を何日も続けるのはない。不敬だなんだという話ではなく、単純に費用がかかりすぎるのだ。

豊かな両家の財政が『披露宴のやりすぎで傾《かたむ》きました』なんてことになったら、笑い話にもならない。

「はい。ですので、この度《たび》のご提案は正しく、東方でいう〝渡りに船〟でございます。マクファーレン王国もかかわる事業の成果となれば、より大きな規模で式も挙げられるでしょうし、沢山の方にマテウス様の晴れやかな姿を見ていただくことができますわ！　ああ……想像するだけで、わたくし感涙《かんるい》が溢《あふ》れてしまいます……」

「いや、うん。宣伝を兼ねているから、大々的にやってもらうつもりではあるが」

涙に潤んだ瞳を明後日《あさって》のほうへ向けるシャノンの表情は、幸福感に満ちている。失礼だが、もう狂信者のそれに近い。

「あ、でも、参列者様が多くなるということは、防犯面も懸念《けねん》しなければなりませんね。婚礼衣装をまとったマテウス様は、きっと何ものも比肩《ひけん》できない至上の美しさでしょう。万物が魅了され、拐《かどわ》したいと思うに決まっていますわ！　わたくしの貧弱な腕でお守りするにも限度がありますし……王太子殿下、恐れながら当日の警備計画を先にお教えいただいてもよろしいでしょうか？　場合によっては、当家からも防衛要員を手配させていただきたく……」

「心配しなくても、マテウスを誘拐しようと考えるやつはいないから安心しろ」

恍惚《こうこつ》から一転して真剣に悩み始めたシャノンに、なんとも疲れた声が返される。

式当日に誘拐といえば創作の中でよくある話だが、基本的に攫《さら》われるのは花嫁であって、成人男性かつ体格もそれなりに良いマテウスを攫おうなんて輩《やから》は、まずいないだろう。

仮にいるとしたら、それは多分シャノン本人だ。

「誘拐を心配するのなら、シャノン様のほうだと思いますよ。同性の私から見ても、いつも本当におきれいですから」

「……それは、僕がさせません……」

「マテウス様……！」

照れつつもリネットの声にしっかり応えたマテウスは、シャノンと顔を見合わせて二人の世界を作り始める。……これがいわゆる、〝勝手にやってくれ〟状態だ。

そもそもの話、結婚式で誘拐劇が起こるのは、強引な縁談や浮気など結婚に異議を持つ者がいる場合だけだ。

全方位から歓迎された関係な上、最初からお互いのことしか目に入っていないマテウスとシャノンでは、まず起こらないので無用の心配である。

「とりあえず、引き受けてくれる、でいいんだな？　俺はそのつもりで話を進めるぞ。建物の設計図と完成予定図も今から出すが、こっちを見ないなら後で文句を言うなよ」

「大丈夫です殿下。なんなら後でオレが伝えときますから」

呆れたようにテーブルに紙の束を投げるアイザックに、同じく苦笑顔のグレアムが補佐を申し出る。

何にしても、宣伝要員として最高の二人に依頼ができたのは大きい。彼らを祝福する意味でも、新事業には明るい気持ちで臨《のぞ》めそうだ。

「わ、素敵な建物ですね……！」

提示された設計図は予想通りかなり大きな建物で、それでいて完成予定図のほうは、木の風合いを生かした温かみのある意匠《いしょう》になっている。

あえて近代的な建物にはせず、自然の雰囲気を楽しむ構想とのことだ。

「意匠はどこか懐《なつ》かしさを感じますが、利便性は損《そこ》なわないように工夫されていますね。魔術が使えないことは仕方ないとして、私もとても良いと思いますよ」

あまり喋らずに控《ひか》えていたレナルドも、この予定図には好印象のようだ。公爵令息として世の素晴らしいものに触れ続けてきた彼が言うのだから、意匠は間違いなさそうである。

「この設計図通りにできれば、の話ですが」

「そちらはあまり心配していないな。もともとコナハンは土木・建築業が盛んな土地だ。今回依頼している現地の者たちも、その道で名の知れた職人ばかりらしい」

「おや、それは期待できそうですね」

楽しそうに語る二人に、室内の空気も明るくなる。自分たちの世界を作っていたマテウスとシャノンも、今度はきらきらした目で完成予定図を眺めあっている。

聞かされた時はどうしようかと思ったが、なかなか良いものができそうだ。

「わかっているとは思うが、俺たちは責任者として、現地へ直接赴《おもむ》いて状況を知る必要がある。ついては、今後の予定だが――」

わくわくした雰囲気のまま、アイザックの口から長期に渡る計画が語られていく。レナルドがあまり喋らなかったのは、これに伴《ともな》う急ぎの仕事配分を考えていたからのようだ。アイザックの話す声に合わせて、用箋ばさみに何度もペンを走らせている。

当然リネットとて、他人事ではない。この一大事業に注力するなら、様々な務めを先に済ませるか後に回すか考えなければならないだろう。

(外国語をちゃんと覚えたいなんて、悠長な悩みを抱えてる場合じゃなくなりそうね)

それも大事なことには変わらないが、しばらくはお休みだ。

ちらっと背後に視線を送れば、ミーナが心得たように首肯してくれる。この後はこちらも作戦会議確定である。

「お前たちには特に迷惑をかけることになるが、皆で一丸となって良いものを造ろう。どうか、最後まで協力を頼む」

「はい！」

揃った返事には、壁際に控えていた部下たちの声も重なっている。

こうして、記念すべき第一回目の新事業会議は解散となった。

皆の心に、新しい希望と期待の炎を灯《とも》して。

＊　＊　＊

そんなわけで、せっかく『梟』が確認してくれた外国語の手紙をゆっくり読むヒマもなく、リネットとミーナは仕事の割りふりに大忙しの日々を送ることになった。

他の人と比べれば公務は少ないとはいえ、留守にするとなったら様々なところに影響してしまうのが王太子妃の立場だ。

幸いにも、尊敬する義母の王妃と、彼女付きへと戻った敏腕女官カティアが手伝ってくれたので問題が起こることはなかったが、もし二人の助力がなければ、恐らく寝る時間すら捻出《ねんしゅつ》できなかっただろう。

特にカティアは、ミーナという専属ができるまではずっとリネットを支えてくれた女性なので、行動の先読みが素晴らしかった。

リネットが躓《つまず》きそうなやりとりが無事に済ませられたのも、事前にカティアが準備をして進めてくれたからである。〝婚約者役〟として雇われていた頃からの分も合わせれば、彼女には絶対に足を向けて眠れない。

「カティアさん、今回も本っ当に助かりました!!」

「どうかお気になさらず、リネット様。わたくしは、リネット様のお世話が好きで、お傍にいたのですから」

そう言ってにっこりと微笑む淑女《しゅくじょ》の鑑《かがみ》のような彼女に、何度助けられたことか。

加えて、人手がいるなら今回の視察にもついていこうかと提案してくれたほどだ。カティアは女官ではなく、慈愛の聖女なのかもしれない。

さすがに、これ以上甘えるわけにはいかないので丁重にお断りしたが、リネットは本当に周囲の人に恵まれていると実感できた日々だった。

そんなこんなでミーナと二人、頭を下げ通しながら走り抜けた準備期間も、今日で終わりだ。

いよいよ明日――コナハンの地へ向けて出発する。


「……もう何度目かではありますが、催事の前は本当に地獄ですよね……」

「まったくだ……」

すっかり夜も更《ふ》けた頃。涼しげな生地に替わった天蓋《てんがい》を楽しむ余裕もなく、アイザックとリネットはごろりとベッドに横たわる。

せっかく最愛の人と一緒だというのに、漂う空気に色っぽさは微塵《みじん》もなく、どちらかといえば荒涼《こうりょう》さすら感じるほどだ。

あの新事業告知会議からしばらく経つが、お疲れ様とおやすみ以外の言葉を交わした記憶もない。年若い夫婦なのに、なんとも枯れた生活である。

だが、これが王太子とその妃《きさき》の務めなのだ。自分たちが城を離れることの意味を身に刻んで学べるのは、無知だったリネットにはちょうどいいのかもしれない。

「現地まで馬車でどれぐらいでしたっけ……」

「早朝に出発して、予定では六日だな。皆には悪いが、明日はできる限り寝ていこう……」

「賛成です……」

互いの頭をこつんと寄せ合っても、ときめきよりも労《ねぎら》いのほうが強い。大好きな人とイチャイチャしたい気持ちはどこかにあるものの、それよりまずは睡眠だ。

「よし。休もう、リネット」

「はい、おやすみなさいませ」

どちらからともなく布団に潜り、目を閉じる。触ってみれば、かけ布団もやや軽い素材のものに替わっているようだ。

花の季節は間もなく終わり、すごしやすい緑の季節がやってくる。

(王城には園遊会があって本当によかった。あの催《もよお》しがなければ、季節を感じられることなく、慌ただしく走った記憶しか残らなかったわ)

少し前に参加した素晴らしい花の宴《うたげ》を思い出して、ほっと息をつく。

どれだけ忙しくても、周りの景色を見ることを忘れてしまっては王太子妃失格だ。それでは、ただ生きるためにがむしゃらに走っていた貧乏令嬢の頃と変わらない。

(せかせか焦《あせ》ってばかりいると、その気持ちが皆に伝染してしまうもの。何より、アイザック様の妻として、この国の移ろいを知らないでいるのはダメだわ。きれいなもの、素敵なものを私が皆に発信していく立場なんだから)

そして明日からの旅は、この国の〝新しい素敵〟を造りにいく輝かしいものだ。そう考えれば、体に圧《の》し掛かる疲労感も誇らしく思える……はずだ。今は頭が回らないが。

「ああ、そういえば……ソニア王女から手紙がきていたな」

「そうなんですか？」

夢に片足を突っ込みながら訊ねれば、アイザックもあくび混じりに続ける。

「ああ……現地で合流する予定だが……強力な助《すけ》っ人《と》を連れていくから、楽しみにしていて欲しいだそうだ……」

「助っ人……誰でしょうね」

「さあなぁ」

はふ、と吐かれた長い息が空気に溶ける。

ソニアが呼びそうな助っ人というと、彼女の弟妹《ていまい》たちのいずれかか。それとも、ソニアに心からの忠誠を誓っている、熱狂的な女性たちか。

「誰だとしても、協力者はありがたい……俺たちでは、山も湖も景色として当たり前すぎて、価値がよくわからん……」

「薦《すす》め方が難しいですよね……」

とろとろとした声は尻すぼみに消えていき、くっついた体は温度を分け合いながら共に眠り落ちていく。

誰であろうと、マクファーレンの王太子が連れてくる助っ人なら期待できるはずだ、と信じて――ぐっすり熟睡した翌朝には、その件はすっかり頭から消えていた。

そうして迎えた旅立ちの時。空にはやや雲が多いものの、すごしやすい穏やかな気温の中で出発となった。

今回同行するのは、王太子夫婦とレナルドとグレアム。リネットの侍女としてミーナ、御者役を兼ねた護衛としてアイザックが特に信頼する部下が四名。他、姿は確認できないが、『梟』の選抜隊が動いてくれているらしい。

一国の王太子の護衛と考えればあまりにも人数が少ないが、少数精鋭はいつものことだ。アイザック本人が一番強い上、リネット以外の者は皆戦う術《すべ》を持っているので、今回も心配はないだろう。

訪問先のコナハンの村には小規模な宿泊施設しかないという話もあり、現地の人々の負担を考慮した結果でもある。

意外だったのは、重要な役割を担《にな》うマテウスとシャノンが不在なことだ。彼らは式場や規模が変更になったことで準備が忙しく、王都から離れられないと聞いている。

(考えてみたら私、貴族の結婚式って初めてだわ。自分の時は色々あって大変だったけど、皆が協力してくれたし。シャノン様たちのためにも、しっかり仕事してこないとね)

もっとも、今現地へ向かっても、まだ催事場のさの字もできていない。

地盤調査などの下準備は終わっているそうだが、結婚式場の下見という目的で赴くなら、もう少し作業が進んでからのほうが良いのかもしれない。

「何にしても、まずは私たちが頑張らないと！」

ぐっと拳《こぶし》を作って決意する。そんなリネットの装《よそお》いは、白地のブラウスに青のリボンタイ、そしてふくらはぎまでの丈の紺スカートを合わせた〝ちょっといいところのお嬢さん〟服だ。髪も軽くまとめる程度で、足元には歩きやすい革のブーツを履《は》いている。

馬車での移動が長い時は簡易な衣装を心掛けているが、今回は着替えの中にもドレスを入れていない。建築現場や自然を見に行くのに、ドレスを持っていっても意味がないからだ。

王太子妃としての威厳を示すなら多少は有用だが、そのためだけに裾《すそ》が長くて動きにくいドレスを山に持っていくのは、はっきり言って無駄である。リネットが現地人の立場でも「何しに来たんだ、この人」と思うだろう。

もちろん、身だしなみには気をつけるつもりだが、王太子妃として相応しいドレスで生活していた日々と比べると、解放感でつい頬が緩んでしまう。

（ミーナは着付けが上手だから苦しくはなかったけど、ドレスってやっぱり動きにくいのよね。人生の大半をドレスなしで生きてきた私には、こういう動きやすい服のほうが性に合うわ）

こんなことを言ったら、リネットに淑女らしい作法を教えてきたレナルドや、彼の母であるブライトン公爵夫人を泣かせてしまいそうだが、野山を駆け巡った時間のほうがはるかに長いので、そこは諦《あきら》めてもらおう。

「リネット様」

呼ばれた声にふり返れば、ちょうど考えていたミーナが馬車への乗車を促してくる。彼女もリネットと同じような装いで、スカートの色が黒に変わっただけの動きやすい服だ。

侍女のお仕着せのままでもよかったのだが、曰《いわ》く、野道を歩き回ることを考えると裾が邪魔らしい。女官のドレスほどではないものの、王城の侍女制服も上品な衣装なので、確かに山歩きには向かなさそうだ。

「ショールも用意しましたが、どうされますか？」

「今は大丈夫よ、ありがとう。この後、天気が崩れるようならもらおうかな」

「では、お席のほうにお持ちしておきますね」

今回も使用する馬車は、側面に王家の紋を刻んだ大きくて重厚な造りのものだ。

座席が快適なのはもちろん、背の高いアイザックが寛《くつろ》げるように、天井を高く造っている特注品である。

「ちょうど来たな。お手をどうぞ、奥さん」

「あ、ありがとうございます」

車内に入ろうとすると、ちょうどよく背後から駆け寄ってきたアイザックが、さっと手を差し伸べた。

さりげない動作でも丁寧にエスコートされると、嬉しくて顔がますます緩んでしまう。

「アイザック様も、いつもの軍装ではないのですね」

座席に腰かけてから改めて見ると、アイザックは濃灰色のシャツを一枚着ているだけだった。素肌に近いせいで鍛えられた体がよくわかり、精悍《せいかん》さと同時になんともいえない艶《つや》っぽさを感じさせる。

だがよく見ると、腰から下は縫製のしっかりしたいつもの軍装のままだ。アイザック直属隊の証である紺色の上着だけを脱いでいる。

周りを見れば、続いて乗ってきたレナルドも、馬車を囲むように馬に跨《また》がっている部下たちも、皆軍服の上着だけ着ていない。

「何かあったんですか？」

「問題があるわけではないが、軍装だと怖がられてしまうかもしれないという話になってな。俺たちは毎日着ているから当たり前になっているが、コナハンの周辺には基地がないし、軍人に馴染がないだろう」

「あ、なるほど！」

言われてみれば、リネットも自領で暮らしていた頃は軍人を見る機会など滅多《めった》になかった。

突然軍部の、それも頂点のような偉い人が現れたら、田舎《いなか》でのんびり暮らしている人々がびっくりしてしまうのも無理はない。

「軍服って格好いいですけど、ちょっと堅苦しさもありますしね」

「公式の場なら当然正装として着ていくが、俺たちが今回挨拶に行く相手は、政治にはあまりかかわりのない職人たちだからな。畏縮《いしゅく》させたいわけじゃない。まあ、服が軽すぎてちょっと心許《こころもと》ないが」

扉を閉めたレナルドも、同意するように苦笑している。

リネットも一式借りて男装したことが何度かあるので、あの軍服の丈夫さはよく知っている。生地の厚さの割には、手足を動かしやすいことも。

「念のため着替えには入れてきたので、何かあれば着ますけどね。……さてと。グレアム殿、そちらはどうですか？」

レナルドが窓の外へ呼びかけると、「いつでもどうぞ」と聞き慣れた兄の声が返ってくる。

彼は馬車ではなく、先頭を馬で走って行くそうだ。

ミーナが言うには、各地に先行している『梟』の報告を受けるための配置とのこと。人数は少ないが、やはり準備は万端である。

「では、行ってくる」

「王太子殿下、どうぞお気をつけて!!」

見送りに出てきてくれた大勢の部下たちに手をふって、リネットたちを乗せた馬車は早朝のロッドフォード王城から駆け出していく。

これまでにない新しい事業。新しい人々との出会いに、胸をときめかせながら。

2章　ようこそ、コナハンの村へ

コナハンまでの道のりは天候が荒れることもなく、ほぼ予定通りに進んだ。

主要街道から逸《そ》れているので悪路を覚悟していたのだが、予想外にも地面は平らに整えられており、特に目的の村へ行くためのなだらかな坂の先には、石畳の敷かれた美しい道が続いていた。

「これは、すごいですね。お洒落《しゃれ》な道です」

「ああ。ここは木材だけでなく、石材を扱う職人も多いようだな」

両隣を木々に囲まれた道は、王家の特注馬車が悠々通れるほど幅があるにもかかわらず、周囲の景観を損《そこ》ねていない。

葉からこぼれ落ちる光がきらきらと輝き、窓から眺めるよりも、自分の足で歩きたい気持ちになってくる。

やがて到着した村も、あの道の終着点としては納得の景色だった。

村の入口から見える民家の数は多くないが、家の壁一つ、柵一つとってもこだわりを感じる仕上がりになっているのだ。

住居が傷んだりひび割れたりしていると、それだけで荒れた印象を持たれてしまうが、そういうものも見当たらない。手入れをちゃんとしているのが一目で伝わる佇《たたず》まいだ。

また、中央に見える公用施設らしき建物はなんと煉瓦《れんが》造りで、その重厚感は地方ではなかなかお目にかかれないほど素晴らしい。

もちろん、少し視線を横へと向ければ、ロッドフォードらしい自然豊かな山が目に飛び込んでくる。青々とした葉は、これからますます色濃く成長していくだろう。

「きれいなところ……」

気付けば、そんな感想が口からこぼれていた。本当に絵本から飛び出してきたような景色に、うまい言葉が出てこない。

リネットの生まれ故郷も辺境の田舎《いなか》だが、こんな風にお洒落な村ではなく、毎日の生活すら危うい過酷《かこく》なところだった。なので、自然に観光価値を求められた時も、つい自分の故郷を参考にしてしまったのだ。

(ここなら、思ってたよりもずっと素敵な観光地になるかもしれない！)

というより、恐らく『梟《ふくろう》』の修行地も兼ねているアディンセル伯爵領が異常なのだろうが、考えないようにしておく。

今は、コナハンが良いところであればあるほどありがたいのだから。

「ようこそお越し下さいました！」

満面の笑みで迎えてくれたのは、ふわふわの顎《あご》ひげが印象的な初老の男性と、気の良さそうな村人たちだった。

華美な装《よそお》いはしていないが皆姿勢《しせい》が良く、背筋もしゃんと伸びている。

「初めまして、と名乗るべきだろうな。今回この事業を任せられることになった、アイザック・カルヴィン・ロッドフォードだ」

「妻のリネットです」

アイザックは堂々と、リネットは略式の淑女《しゅくじょ》の礼で名乗ると、先頭のひげの男性が深々と頭を下げた。

「本日はご足労いただきまして、誠にありがとうございます。村長のモヨイでございます。……その、本当にこのような簡素なお出迎えでよろしかったのでしょうか？」

さすがに緊張した様子の村長に、アイザックはしっかりと頷《うなず》いて返す。……実は訪問する前に、歓待は不要だと知らせてあったのだ。

「もてなしたいと思ってくれるだけで充分だ。見ての通り、俺も正装はしていないだろう？今回は現地の確認と、実際に住んでいるお前たちとの交流のために邪魔をしている。これからも、この地には何度も足を運ばせてもらうことになるから、どうか仲良くしてくれ」

「もったいないお言葉でございます……！」

一度頭を上げた彼は、また深く腰を折る。一瞬見えた目には、感涙《かんるい》が光っていた。

「とはいえ、悪いが料理には少し期待しているぞ。観光業が正式に始まる時には、やはりこの辺りの特産品を食べてもらいたいからな。俺の妻に美味《うま》いものを食わせてくれるのを楽しみにしている」

「アイザック様!? それじゃあ私が食いしん坊みたいじゃないですか!」

まさかの話題で名前を出されて、リネットは慌《あわ》てて旦那様の腕を掴《つか》んで抗議する。

食い意地が張っていることは否定できないが、今はちゃんとした食生活を送らせてもらっているので、かつてのように肉に釣られるようなことはない……はずだ。お肉信仰をやめるつもりもないが。

「俺はいっぱい食べるお前が好きだぞ」

「そ、それは嬉《うれ》しいですけど……私が食いしん坊なら、兄さんとミーナも同類ですからね」

悪気ゼロで微笑《ほほえ》むアイザックに、怒った気持ちがすぐに消えてしまう。

ちなみに、ちらっと視線を送ったアディンセル伯爵領出身者たちは『もちろん』と親指を立てて答えている。育ち盛りの頃を貧しい土地ですごした彼らも、やはり根っこは変わらないらしい。

「料理につきましても、村の者たち皆で取り組んでおります。王城でお召し上がりになっているようなご馳走《ちそう》はお出しできませんが、産地ならではの味をご提供させていただきたく。妃殿下のお口に合えばよいのですが」

村長の後ろで、恰幅《かっぷく》のいい女性がぺこりと頭を下げる。彼女は料理関係に携《たずさ》わっているのだろう。

食材を仕入れるための資金は先に渡してあるが、突然王太子夫婦に土地の料理をふるまえと言われた村人たちには、色々と申し訳ない。

（私はともかく、国中の憧れである〝剣《つるぎ》の王太子〟に料理を作れって言われたら、そりゃあ緊張するわよね。多分、本職の料理人でもない方だろうし）

観光地として営業が始まれば料理人たちを雇い入れる予定だが、まずは郷土料理などを現地の者に教えてもらうことになっている。

王族の訪問に対して歓待しなくていいと伝えてあったのも、こうした部分で人手を使っているためだ。

民家の数から見ても決して人口の多い村ではないので、本来の仕事以外で動いてくれている彼らには、リネットのほうが頭を下げたいぐらいだ。

「それでは、皆様にお泊まりいただく施設へご案内いたします」

それから二、三言アイザックと話した村長は、慣れた様子で馬に跨《またが》り、先導するようにゆっくりと歩き始める。

リネットたちも再び馬車の中へ戻《もど》ると、彼に追従するように動き出した。

（村の中を馬車で移動できるのね。本当にここ、ちゃんとした造りになってるわ）

規模の大きな町ならともかく、道を整えたり幅を確保するのは意外と難しいことだ。以前の領主が精力的だったのかは定かではないが、これから多くの人が訪れる場所としては、この上なくいい条件といえる。

ただ、ざっと見た感じどの家屋もこじんまりとした印象で、訪問客を泊める余裕があるようには思えない。

では、中央の煉瓦造りの建物を使用するのかと思いきや、村長はそこを通りすぎて進んでいってしまった。看板に村役場と書いてあるので、ここではないらしい。

「村の奥に宿があるんでしょうか」

「いや、宿泊所を新設するにあたって相談しているが、宿を経営している者はいなかったはずだ。多分、普段は使っていない建物を借りるんじゃないか？」

アイザックも聞いていないようで、のんびりとした様子で外を眺めている。グレアムかミーナに訊《たず》ねれば教えてくれそうだが、確認しないのはわざとだろう。

アイザックがそういう考えなら、とリネットも倣《なら》って窓の外を見つめる。人口の割に土地が広い村だと事前に聞いていたが、各々《おのおの》に家の半分ぐらいの大きさの飼育小屋が併設されていたり、城下の町ではお目にかからないものが色々とある。

もちろん、リネットの故郷の景色とも別物だ。

「あの小屋は何を飼ってるんでしょうね？」

「大型の家畜は入らないから、鶏《にわとり》じゃないか？　それか、犬とか」

「なるほど！　……ふふ。ここ、雰囲気のいいところですよね」

「ああ。なるべく村の生活には迷惑がかからないように進めていく予定だが、通り道からでも眺められたらいいいな」

なんてことない会話が、心地よい。

せかせかと走り回っていた王城での日々が嘘《うそ》のような穏やかさに、レナルドたちも柔らかく目を細めている。

そんなゆったりした感じで馬車を走らせること数分。――村長が案内した宿泊所は、リネットの予想を大幅に上回る建物だった。

「これって……」

村との境を画すようにぐるりと取り囲む鋳造鉄柵《ちゅうぞうてっさく》と門に、明らかに人の手で整えられている庭。その奥にそびえ建つのは、黒っぽい煉瓦造りの〝屋敷〟である。

高さこそ二階までしかないが横に広く、窓なども洗練された意匠《いしょう》で、どう見ても一般人が持てる代物《しろもの》ではない。

迎賓館《げいひんかん》。そんな名称が、頭をよぎった。

「驚いたな。村の奥にこんな屋敷があるとは。手入れもされているようだし、誰かの別荘か何かか?」

「そうですね、別荘だった場所……かもしれません」

驚きを隠せない一同に、村長はどこか悲しそうに答える。もしや、故人の遺産かと続きを待てば、意外な事実が判明した。

「ここは、前の領主様のご親族の方が建てさせたものでございます。その、魔術師の」

「ああ、あいつらのか」

彼の答えに、アイザックの声の温度が一気に下がる。要するに、捕まえられた潜伏魔術師の隠れ家だ。

(そういえばあの人たち、ずいぶん贅沢《ぜいたく》な格好してたものね)

誘拐《ゆうかい》されたリネットは彼らのほぼ全員を見ているが、誰も彼も身なりがよく、人に命令し慣れているようだった。田舎の村にこれほどの屋敷を建てさせるのも納得できる。

「ここは周りの木が高いから見えにくいだろうが……こんな立派な隠れ家があってたまるか。本当に舐《な》められていたんだな、我が国も魔術師協会も」

ロッドフォードにいれば見つかるはずがない、という彼らの自信が屋敷から聞こえてきそうだ。もっとも、結局彼らは全員見つかったし、まだしばらくは牢《ろう》の住人だろう。ちなみに、領主の親族というのも嘘で、彼らに血縁関係はない。

「お前たちにも迷惑をかけて、本当にすまなかったな」

「とんでもない！　王太子殿下にそのようなお言葉をいただく必要はございません。あの方の我侭《わがまま》には少々困っておりましたが、結果としてちゃんとした宿泊施設に貴方《あなた》様をお迎えできたのですから。それに、建物自体に罪はございません。皆様にお使いいただけるならば、建設に携わった村人たちにとっても誉《ほまれ》となりましょう」

「そう言ってもらえると、こちらとしてもありがたい」

互いの気遣いに、村長は心から安堵《あんど》した様子で表情を和《やわ》らげる。

確かに、使っていた者が犯罪者だっただけで、建物には何の罪もない。この立派な屋敷をそれだけの理由で失うのはもったいないと思うのは当然だ。建築にかかわっているのなら、なおさら。

「この屋敷はコナハンの地が王家に返還され、今の領主代行様に替わられた時に、徹底的に調査をしていただきました。事故や人死になどもございませんでしたし、今は村の財産として私どもで管理させていただいております」

手入れがされているのは、庭の木々を見るだけでもよくわかる。コナハンの人々は、本当に土地や建物を大事に考えているらしい。

「私の実家よりもずっと立派なお屋敷が村有施設とは、すごいですね」

「いや、アディンセル伯爵家はいい加減建て直しを依頼してくれ。俺は義父を隙間風《すきまかぜ》の吹くような家に住ませたくないぞ」

感動するリネットに、横から何ともいえない要望が聞こえる。

リネットの生まれたアディンセル伯爵家の屋敷は、隙間風どころか雨漏《あまも》りもするたいへんなボロ家である。その辺の平民のほうが、よほどいい家に住んでいるぐらいだ。

「私としても、直してもらいたいんですけどね……」

実はアディンセル家には、長年に渡る『梟』としての務めへの対価という名目で、結構な額の報酬が王家から支払われている。

施しではなく報酬なので自分たちのことに使ってもいいとは思うのだが、父が家を建て替えるという話は残念ながら届いていない。

なんでも、領内を整えるほうに優先してお金を使っているそうだ。

(お父さんらしいといえばそうなんだけど、さすがにいつまでも王太子妃の実家がボロ屋敷っていうのも問題がありそうなのよね)

今のところ次期当主のグレアムと、リネットの後見人であるブライトン公爵の計らいで社交界にボロ屋敷が露見した形跡はないが、いつまでも隠し通せるものでもない。

眼前の屋敷ほどとはいかないまでも、せめて人並みの家には住んで欲しいところだ。

――まあ、リネットの実家の問題はまた相談するにして、今はこちらだ。

「わあっ……」

鉄門の向こうに広がっていたのは、正《まさ》しく子どもたちが夢に見る『貴族さまのお屋敷』そのものだった。

さりげなく動物の形に整えられた庭木の小道を通り、赤茶色の両開きの扉を開ければ、優しい茶色と碧色《みどりいろ》で飾られたエントランスが目に飛び込んでくる。

王城のような荘厳《そうごん》さはないものの、天井から下がるシャンデリアはケーキのような形をしており、象牙色で統一されたカーテンもクリームのようで可愛《かわい》らしい。

「これ、女の子が絶対に喜ぶ家ですね！」

「ああ。家具類も曲線が多いし、角が落とされている。もしかして、幼い子どもが住んでいたのか？」

「そうですね、あの方ご本人はお独りでしたが、好意を寄せられていた女性に小さな娘さんがおりまして。よくこの屋敷に招いていらっしゃいました」

それはもしや、人妻というやつでは……と誰もが思ったが、あえて口にする者はなく、村長も察したようにそれ以上は語らなかった。

いかなる相手だとしても、主人だった魔術師はもういないし、その女性も捕縛《ほばく》されなかったのなら罪はなかったのだろう。それが全てだ。

可愛らしいという感想が一番だが、もちろん大人が生活するにも不便がないよう家具は揃《そろ》っているし、外から見た印象よりも天井が高く、広々としている。

アイザックもレナルドも長身なので、ここは嬉しい要素だ。

「部屋は全て清掃が終わっておりますので、ご自由にお使い下さいませ。浴室などの水回りは一階に、二階は全て客室になっております」

「何から何まですまないな。謝礼は別に用意するから、皆よく休んでくれ」

「いえいえ。このような田舎で王太子殿下をお迎えできるなど、それこそ夢のようなことでございます。至らぬところはあるかと存じますが、どうぞご遠慮なくおっしゃって下さい」

村長の挨拶《あいさつ》に合わせて、厨房《ちゅうぼう》のほうから慌てた様子の人々が現れる。男女比半々の六名の若者たちは、どうやら滞在中の雑事を請《う》け負ってくれるようだ。

身に着けているエプロンもバラバラで、少ない労働力を集めてくれたのがよくわかる。

「世話になる」

アイザックが微笑みながら声をかければ、内二人はバッと頭を下げて、残りは火がついたように頬を真っ赤に染めた。

最強の剣士でありながら、驕《おご》ることなく民を気遣える美貌の王太子。そう語られているアイザックが、本当に噂《うわさ》通りの人物で驚いたのだろう。……つくづく罪な男だ。

（あの人たちも、アイザック様にますます惹《ひ》かれちゃうだろうな）

そんな彼の妻であるリネットは、実に誇らしい。この調子で、観光地が完成するまでには、彼の人気をもっともっと高めたいところだ。

「ソニア様に負けないぐらい、アイザック様も皆から愛される王太子として名を轟《とどろ》かせたいですよね！」

「リネットさん、それは本気でやめましょう」

「国内での人気ぶりなら、今でも充分すぎるからな。落ち着け愚妹《ぐまい》」

嬉しくてつい声に出してしまったら、途端《とたん》に兄二人から真剣な制止を受けた。後ろで控《ひか》えていたミーナも、無言でぶんぶん首を横にふっている。

「いや、さすがにあそこまでは考えてないわよ？　アイザック様が皆に慕われるのが嬉しいなって思っただけだから」

「だったらそう言ってくれ。冗談でもあそこと比べるな」

どうやら皆にとって、ソニアの人気ぶりは異常という認識のようだ。この後その本人と会う予定があるのに、ずいぶんな言いようである。

「……あ、そうか。ソニア様もいらっしゃるなら、部屋決めは勝手にできませんね」

「別に後から変更しても、あの男装王女は気にしないと思うが」

「そういうわけにもいかないですよ」

ひとまず村長たちには礼をして別れ、二階の間取りを確認するべく足を運ぶ。

エントランスから続く階段を上がると、客室は廊下の両側に造られていた。扉には番号を印したプレートがかかっており、このまま宿として使用することもできるだろう。

（村には宿がないみたいだし、ここを収入源の一つにしてもいいかもね）

一つ一つ調べてみたが、だいたい同じような造りの部屋になっているらしい。左右それぞれの角部屋が貴賓室《きひん》なのか、広い上に少し豪華な仕様だった。

「この広いお部屋二つにアイザック様とソニア様でいいんじゃないでしょうか」

「リネットはどうするんだ？　一緒じゃないのか」

「さすがに二人だとベッドが狭いでしょうし、私はそのお隣とかで……」

言いかけたところで、レナルドにぽんと肩を叩《たた》かれる。何ごとかと思えば、アイザックが捨てられた子犬のような表情でしょんぼりと俯《うつむ》いていた。

「え、でも、狭いですよね？」

「くっついて眠れば大丈夫ですよ。貴女《あなた》たち、そういうの得意でしょう？　いざとなったら、無駄《むだ》にでかい殿下をはみ出させてやりなさい」

王太子にその扱いはどうなんだと思うが、アイザックはそのほうがいいのか、期待に満ちた目でリネットを見つめている。まあ、本人がいいなら何とかなるだろう。

「じゃ、じゃあ、私とアイザック様がこちらの角部屋で」

「ああ！」

了承すれば、アイザックは嬉しそうにリネットにくっついてきた。出発前にレナルドに駄犬《だけん》呼ばわりされてしまったが、これは否定できないかもしれない。

「では、私とミーナさんは護衛役も兼ねて殿下の両隣の部屋を使いましょう。ソニア王女殿下には、反対側の角部屋を使っていただく形で。他は彼女が連れてくる人数次第《しだい》で調整ですね」

「あ、オレは階段に一番近いところでお願いします。警戒しやすいし、『梟』たちの指示も出しやすいので」

「わかりました。ではグレアム殿はそちらで」

夫婦がいちゃついている間に、部屋割りは着々と決まっていく。

ゆったりしているように見えて、レナルドたちはちゃんと仕事もしているのだから感心してしまう。馬車を置きにいった部下たちも、すでに荷物を運びこんでくれている。

（よかった。本当に安定した視察になりそうね）

同行者も現地の人々も良い人ばかりで何の問題もない。穏やかで落ち着いた、平和な旅だと
――思いかけて、リネットはハッと気付く。

これまで〝そう思って安心した瞬間〟こそが、問題が起こるきっかけではなかったかと。

（いや、いくらなんでも今回は何もないわよね！　ここは平和な山の村だし、隠れていた魔術師も捕まってるし。問題なんて起こりようがないわ！　大丈夫大丈夫）

自分に言い聞かせるように心の中で繰り返し、平静を装いながら自分の荷物運びを手伝う。

アイザックを始め、皆も一緒なのだ。事を起こすような者がいるはずがない。

「…………」

――そう、最後まで思い続けたかったのだが。

残念ながら、リネットは非常に目がいい。故郷の狩りで鍛えた視力は、数多《あまた》の修羅場で役に立ってきたリネットの自慢だ。

その目が、扉の向こう……わずかに見える柱の陰から、リネットたちを見つめている女性の姿を捉《とら》えてしまった。

エプロンをつけた彼女は、先ほど村長と一緒に挨拶をしていた一人だ。中でも、アイザックに見惚《みと》れず頭を下げた二人の片割れなので、覚えている。

(何か用があるなら言ってくるだろうし……でも、そういうのじゃないわよね)

彼女がこちらを見る目は、何かを訴《うった》えるような真剣なものだ。決して興味本位の軽い感情ではない。

結局、何事も起こらないなんて生活は、リネットたちとは無縁なのだろう。

「気付いちゃったし、私が行ったほうがいいわよね……」

「リネット?」

首をかしげるアイザックに苦笑を返す。

見たところ年はリネットと同じくらいか、少し上だ。有名すぎるアイザックが出向くよりは、外見的にも親しみやすいリネットのほうが彼女も話しやすいと思われる。

(今日はドレスも着ていないしね)

アイザックに「大丈夫だ」と告げてから、リネットは客室を出て、まっすぐ彼女に向かっていく。女性は一瞬驚いた表情を見せたが、すぐに柱の後ろから出ると、逃げるのではなく深々と頭を下げてきた。

「不躾《ぶしつけ》な真似をして申し訳ございません！」

「いえいえ。何かご用だったんですよね。私でよければ、お話を聞かせてもらえますか？」

なるべく優しい口調を心掛ければ、彼女はほっとした様子で首肯《しゅこう》する。やはり今回は、簡素な格好をしてきて正解だった。ドレスを着ていたら、彼女の反応も違ったはずだ。

「リネット様」

一緒についてきてくれたミーナとも頷きあってから、廊下の端へと移動する。一般的には、話が聞こえない距離だ。やたらと耳のいいグレアムを除いて。

「どこかに座って話したほうがいいですか？」

「いいえ、ここで充分です。聞いていただけるなら、それで……」

そう言うと、彼女は胸の前でぎゅっと両手を強く組む。傍《そば》に来て気付いたが、顔色が真《ま》っ青《さお》だった。

「本当に、皆様にはなんとお詫《わ》び申し上げるべきか……」

「お詫び？　このお屋敷で、やっぱり問題でも？」

「いいえ。ここではなく、催事場を建設する予定の場所なのですけど……その、問題が起こっておりまして」

女性の視線は右左と忙《せわ》しなく動き、小さな唇からは「どうしよう、どう言ったら……」と呟《つぶや》く声がこぼれている。

「大丈夫ですから、どうぞ気を楽にして下さい。私はこの通り、貴族らしくない育ちの者ですし。アイザック様も、ちゃんと説明があれば怒ったりしませんから」

そっと組まれた両手に触れると、彼女はすがるような目でリネットを見つめてきた。

「実は、その……村の若者たちの一部が、建設反対活動のようなことをしているのです。今日までになんとか鎮《しず》めたかったのですけど、間に合わなくて……！」

「建設反対活動？」

それはまた、穏やかな話ではない。

ちらっとアイザックに向けて目配せをすると、グレアムから要点を聞いただろう彼が、真面《まじ》目《め》な表情で瞬《まばた》きの合図を返してくれる。そのままもう少し聞いてくれ、という意味だ。

（本当は直接聞いてもらったほうがよさそうだけど）

こういう時は、やはり同性のほうが話しやすいだろう。リネットは彼女を宥《なだ》めながら、小さな子どもに話しかけるような気持ちで続ける。

「もしかして、もともと反対意見が出ていたんですか？」

「いいえ！　お話をいただいた時から、皆大賛成でした。あの人たちだってそうだったのに、ある日から急に反対活動を始めたんです」

「なるほど……貴女は、その理由を知ってますか？」

「それが、変なんです。洞窟《どうくつ》を壊させないとか何とか、おかしなことを言い出して……」

彼女が言うには、催事場の建設予定地に小さな洞窟があるらしい。

特に価値があるものではないので、今回の工事で取り崩すことはかなり前から決まっていたそうだ。

ところが最近になって、村の若い男性を中心に反対活動を始める者が出てきてしまった。

彼らの主張は一貫しており、建設工事そのものの中止ではなく〝神聖な洞窟を壊すな〟と訴え、作業を妨害している、と。

「えっと、本当に壊しても大丈夫な洞窟なんですよね」

「はい。専門の方に調査していただきましたが、岩質に価値も害もないですし、曰《いわ》くもありません。村でもごく稀《まれ》に雨宿りに使ったぐらいで、神聖なんて理由はどこにも」

「ふむ……」

地盤調査を担当したのは、恐らく王家が派遣した専門家だ。腕が悪いとは思えないし、アイザックが村人の大事な土地を脅《おびや》かすようなことをするはずがない。

それに、もし土着信仰的なものがかかわってくるなら、反対するのは若者ではなく年寄りのはずだ。彼らが諸手《もろて》を挙げて賛成しているのだから、その線も薄い。

「まさか、おとぎ話みたいに、悪い何かが封印されてて……なんてことはないでしょうし」

「そ、そんな……」

リネットは冗談のつもりで口にしたのだが、女性はさらに顔から血色をなくして俯いてしまった。もしや本当に、古《いにしえ》の何かがあったのか。

「……確かに変なんです。お兄ちゃんったら、急におかしな格好をして、反対活動を始めて。悪い宗教にでもはまったか、悪霊にとり憑《つ》かれたとしか思えなくて……」

(うわあ)

予想外の返答に、思わずミーナと顔を見合わせてしまう。

だが一つ、彼女がびくびくした態度だった理由はわかった。自分の兄が反対活動に参加しているから、それを案じていたのだ。

(相手は王太子殿下だものね。私も以前は、よく首がなくなることを心配していたわ)

アイザックは一国民からすれば、本来天上人みたいなものだ。彼の事業に反対などしてしまったら、命はないと思うのは当然である。

もっとも、アイザックを含めた王族は、こちらが驚いてしまうぐらいに甘く、民を大切にしてくれる人々だ。家族の一員になったリネットが、それは一番よく知っていた。

(だけど、困ったな。まっとうな理由があって反対するならまだわかるけど、なんだかおかしなことになってるっぽいわね)

もう一度アイザックに目線を送ると、彼もレナルドたちも、皆荷物に入れていた軍服を着ていた。さすがにアイザックの外套《がいとう》はないが、怯《おび》えられるのを承知の上で、軍人の立場で話を聞くということだ。

(何故《なぜ》か兄さんが、いつの間にか女装してるのが気になるけど)

現地へ行ってみて、状況を判断するということはリネットにも伝わった。

話してくれた女性には、『ご兄弟が犯罪者でなければ、いきなり罰したりはしない』と伝えて、ひとまず仕事へ戻ってもらう。何度も頭を下げた女性は、懇願《こんがん》するような目でリネットたちを見つめた後、階下の厨房へ去っていった。

「お待たせしました。反対活動とは驚きましたね」

「大なり小なりあるとは思っていたが、現地に行く前に聞けたのは僥倖《ぎょうこう》だったな。助かったぞ、リネット」

客室へ戻ってきたリネットの頭を、アイザックの大きな手がぽんと撫《な》でてくれる。

平穏なひと時が到着早々終わってしまったのは残念だが、現地の状況をしっかりと確かめるのが今回の訪問だ。

そう思えば、今回もリネットの良すぎる目はいい仕事ができたといえる。

「……で、なんで兄さんは急に女装なの？　しかも私よりいい服着て」

「ん？　似合うだろ」

くるりと一回転して見せてくるグレアムの衣装は、リネットたちのようなブラウスとスカートではなく、レースとフリルをふんだんに使った深緑色のワンピースだ。

元の美少女顔も相まって、どう見ても彼が一番お嬢様らしい。

「反対活動なんてするやつは、どうしても攻撃的になってる。そういう輩《やから》は、弱そうな相手に当たりやすい。女子どもとかな」

「あ……」

要は、リネットとミーナに悪意が向かないための配慮ということだ。やり方はあれだが、兄の優しさに胸が温かくなる。

「ありがとう、兄さ……」

「あ、やべ。急いで着替えたから胸が落ちた。悪い、その辺に丸い詰め物落ちてないか?」

「できれば最後まで格好良くいて欲しかったわ」

なんとなく締まらないところが、リネットの血縁らしいところだ。

ともあれ、準備はできた。ありのままの現地の様子を知るためにも、すぐに向かったほうがいいだろう。

「それじゃあ行こうか、リネット」

「はい」

差し出されたアイザックの大きな手をしっかりと握り、到着したばかりの屋敷を後にする。

やる気と少しの不安を胸に抱いて。

観光地化の工事は、屋敷から歩いて十数分のほど近い場所にて進んでいた。

「もう結構進んでるところもありますね……」

平らに整えられた地面には、土台と思《おぼ》しきものがすでに組み立てられている。大きな建物の骨組みなど滅多《めった》に見られないので、新鮮な気持ちだ。

「宿泊所のほうは問題ないようだな」

建設予定、と書かれた大きな看板には、宿泊所の名と略式の工事日程が記されている。

周囲には大きくて立派な木材の他、雨避《よ》けがかぶせられた建築材がすっかり準備されており、作業は滞《とどこお》りなく進んでいるようだ。

「ということは、本当に建設そのものに反対はしていないんですね」

「そのようだ」

離れた場所で作業をしていた人々に軽く挨拶をしてから、再び足を進める。

シャノンたちが挙式をする催事場の予定地は、ここからさらに歩いて数分かかる。あえて自然のまま残す小道が、二つの建物を繋《つな》いでいるのだ。

「……あれは！」

果たしてそれは、小道を抜けてすぐに視界に飛び込んできた。

立ち入り禁止のロープを張った内、中途半端な均《なら》しでボコボコした現場の奥に、人が集まっている。……明らかに、険悪な空気を漂《ただよ》わせて。

「ちょうど立ち会えたみたいだな」

ふっと小さく笑ったアイザックが、腰に差した剣の柄《つか》に指を添える。合わせて、レナルドと部下たちも緊張した面持ちで彼らと距離を詰めていく。

「……軍人？」

やがて、集団の内の一人と目が合った。人の輪の中心にいたのは、まだ年若い青年だ。

何かの制服なのか、堅苦しい印象を受ける衣装は全身真っ黒で、つい身構えてしまう。

「おお、貴方様は……！」

少し遅れてこちらに気付いた者たちが、アイザックの姿を捉えて声を上げる。

青年と対峙《たいじ》するように集まっているのは、村人のようだ。年齢性別もバラバラだが、先頭に立つのはがたいの良い男性たちである。恐らく、ここの現場に勤める職人だろう。

「何の騒ぎか、説明してもらっても構わないか？」

アイザックが訊ねると、村人たちは顔色を青くしながら慌てだす。一方で黒ずくめの青年は、アイザックを一瞥《いちべつ》した後、ハッと鼻で笑った。

「なんだ、アンタも〝同じ〟じゃないか」

「なんの話だ？」

「ちょっと身長が高いからって、調子に乗るなよ！」

　腰に両手をあててフンッとこちらを睨む青年に、さすがのリネットも驚いてしまう。職人の顔は、驚愕《きょうがく》と絶望で土気色に染まった。

「お、お前、なんて恐れ多いことを!!　このお方を誰だと思っているんだ!!」

「知るかよ！　誰だろうと、オレたちの『聖なる祠《ほこら》』は絶対に壊させないからな!!」

　怒鳴り声にも一切怯《ひる》まず、言いたいことを言いきった青年はそのまま逃げ去っていく。

　後ろ姿を目で追えば、地面はすぐに下り坂になり、その先が洞窟になっているようだ。

「あれが屋敷で聞いた洞窟でしょうか？」

「だろうな。しかし、一体なんだったんだ？」

「本当に申し訳ございません!!」

　リネットたちが呆然《ぼうぜん》としていると、すぐさま先ほどの職人から謝罪の声が上がった。集まった人々は揃って膝《ひざ》をつき、地面に頭をこすりつける。ガタガタと震える様子は、いっそ気の毒なほどだ。

「あれはまだ物事を知らぬ子なのです！　何とぞ、何とぞお慈悲を……！」

「落ち着け、頭を上げろ。いきなり罰したりはしないから、まずは話を聞かせてくれ」

「ありがとうございます!!」

　職人らしいよく通る大声に、アイザックのほうが少し押され気味だ。だが逆に、同行してきた部下たちは剣の柄に手をかけたままで黙っている。……静かに怒っているようだ。

(無礼に対して本人よりも怒ってくれるのは嬉しいけど、村の人が怖がっちゃうわね)

彼らはちゃんと青年を諫《いさ》めようとしたのだ。リネットが無言でレナルドを見つめると、彼はすっと左手を挙げ、部下たちも渋々《しぶしぶ》ながら柄から手を離した。

「それで？　反対活動が行われていると聞いて見に来たんだが、先ほどのがそうか？」

「なんと、すでに王太子殿下のお耳にも届いておりましたか……おっしゃる通りでございます。かの者たちが、突然そこの洞窟を『聖なる祠』などと呼び始めまして」

「祠があるのか？」

「いえ、そのようなものはございません」

話は概《おおむ》ね屋敷で聞いた通りのようだ。本当に洞窟に土着信仰や祠がないのかと訊ねても、集まった者たちは皆『絶対に何もない』と断言する。

「本当に、あいつらは一体どうしてしまったのか、わからないのです。先ほどの子も含めた数人が立て篭《こ》もっているせいで、工事も進められず……」

「乱暴なことを言うが、強制的に引きずり出すことはできなかったのか？　お前は体格もいいし、腕っぷしも強そうだが」

「剣の王太子殿下にお褒めいただけるとは光栄です！　私どもも力ずくで捕まえようと何度も試みたのですが……何故か見えない壁のようなものに阻《はば》まれてしまうのです。その、何とご説明したらいいか難しいのですが」

「見えない壁？」

職人の言葉に、アイザックの目が鋭《するど》く細められる。

ロッドフォードの者にとっては『不思議』としか言いようのない現象を、リネットたちはよく知っている。それはもう、いい加減嫌になるぐらいに。

「まさか、また魔術絡《がら》みですか？」

「否定はできないな。ここは魔術師の犯罪者が潜伏していた場所だ。何かが残っていたとしても、おかしくない」

「そろそろ魔術関係の話はお腹《なか》いっぱいなんですけど」

「それは俺も同感だ」

揃ってため息をつく夫婦に、レナルドたちもうんうんと頷いている。

裏を返せば、そうした外部要素でぐらいしか問題が起こらないほど、ロッドフォードの国民が勤勉で真面目だということなので、王太子妃としては誇らしいのだが。

(でも、変ね。私が会った潜伏魔術師たちは、ロッドフォードから全員逃げようとしていたはずだわ)

魔術師協会の追手が来てしまったので、別の国に逃げたい。そのために、リネットに協力して欲しいと、そのようなことを言われた覚えがある。断ったせいで大立ち回りをすることになったが、それは置いておくとして。

今から逃げる犯罪者が、自分の痕跡を残すだろうか。魔術の使えないこの国にそんなものがあったら『自分はここにいますよ』と暴露するのと同じだ。

(消し忘れたとか？　でも、屋敷にも痕跡は全くなかったわよね)

女の子向けの家具が残っていたのはともかく、魔術師らしいものはどこにもなかった。

調査と清掃が入った後というのももちろんあるが、もし彼が屋敷で魔術を使っていたなら、アイザックが気付いただろう。ロッドフォードの剣の王太子は、魔術の分野でも天才的な才能を有しているのだから。

「もし魔術絡みだとしても、例の犯罪者ではないかもな」

アイザックもリネットの考えていたことと同じ結論になったらしい。この中では一番詳《くわ》しいアイザックの発言に、部下たちも不安そうに眉を顰《ひそ》める。

「何にしても、直接行って確かめてみればわかる話だ。あの洞窟に、俺たちが入ってみても構わないな？」

「それはもちろん構いませんが……何とぞ、お気をつけ下さいませ。あの子らは見えない壁の他にも〝強く祈れば願いが叶《かな》う〟などと言って、一時村人たちを勧誘しておりました。我々には仕掛けもわからぬものです。貴方様ならば問題ないとは思いますが、もし御身《おんみ》を傷付けるようなことがございましたら、我ら一同は命をもって償うしか……」

「心配しなくても、明確な大罪人以外の命はとらん。かつてのリネットもそうだったが、我が国では何かあったら首を差し出すのが流行《はや》っているのか？」

呆《あき》れたようにまた息を吐くアイザックに、リネットたちのほうが困ってしまう。流行も何も、王族に対する不敬や無礼は死罪に値するだけだ。

親しみやすいのはありがたいが、アイザックは度を越して甘すぎる。もう少し自分の身の尊さを自覚して欲しいものである。

（これはアイザック様が強すぎて、先陣を切るのが当たり前だった弊害《へいがい》かしらね）

普通王太子といったら、最も安全な後方で多くの護衛に守られて然《しか》るべきなのだ。間違っても、斬り込み隊長などしない。

そんなアイザックだからこそ、多くの部下に慕われているのだろうけれど、なんとも複雑な話だ。

「とにかく、俺なら何があっても大丈夫だから気にする必要はない。それよりも、工事のほうを優先してくれると助かるな」

「さすがは王太子殿下！　かしこまりました。我らは我らの務めを果たさせていただきます」

村の一同はやや心配そうな雰囲気を残しつつも、ゆっくり立ち上がり去っていく。できることがない以上撤退するしかない、という様子だ。

（もし魔術がかかわっているとしたら、普通の人じゃ対処できないものね）

リネットだって、どうにかできるのは限られた条件でだけだ。アイザックの言う通り、皆にはできる作業を進めてもらったほうがありがたい。

「では、俺たちはこのまま洞窟の様子を見に行こう」

「お待ち下さい殿下」

村人が去ったのを確認したアイザックに、意外にもレナルドから制止がかかる。何だろうと注目すれば、彼はぴっと人差し指を立ててこう告げた。

「約束して下さい。もし仮に魔術が絡む何かがあったとしても、絶対に力業《ちからわざ》で解決しようとしない、と」

「うっ」

レナルドの強い声にアイザックが一歩後ずさり、皆は察したように乾いた笑いをこぼす。

というのも、少し前に起こった初代騎士王にまつわる一件で、アイザックは〝有能だからこそできた〟失敗をしているのだ。

――硬い床を叩き壊し、目的のものがあった地下へ強引に突き進むという、無謀極まりない失敗を。

乱暴なやり方で道を作った結果は、本来動かないはずの罠《わな》を作動させ、しなくてもいい戦いに仲間を巻き込むことになってしまった。

幸い怪我人《けが》こそ出なかったものの、危険だったのは間違いない。

「貴方が強くて優秀で行動力があり余っていることは、幼少期からよく知っています。ですが、今回相手にするのは賊でも魔術師でもなく、一般人です。ただの村人です。それを決して忘れないで下さい。殿下がよかれと思って行うことで、甚大《じんだい》な被害が出るかもしれない相手だということを、今一度、しっかりと！　心に刻んでから行動に移って下さい」

「いや、だが、一般人ではないかもしれないだろう」

「だとしても、王太子がいきなり動かないで下さい。先ほどからズカズカと先陣を切っていかれてますが、反対活動をしているということは、貴方に対してよくない感情を持っている可能性もあるのですよ。何のために我々が同行しているとお思いですか。そろそろいい加減にしろ、はっ倒しますよ」

「………悪かった」

最後、明らかに口調が荒れていたが、アイザックは大人《おとな》しく謝罪を口にした。長い付き合いだけあり、ここでレナルドを怒らせてはいけないと感じとったのだろう。

部下たちもハラハラしながら見守っていたが、アイザックが折れたことにホッと安堵の息をこぼした。

「とりあえず、洞窟には私が先頭で行きます。殿下は魔術師の気配を感じたら教えて下さい。では、早く行きましょう」

「わかった」

パンと手を叩いたレナルドは、即座に行動を始める。部下の二人が彼に続き先頭へ。アイザックたちは中ほどで、残りの部下二人が殿《しんがり》についた。ただの村人に会いに行くと言った割には、臨戦態勢の並び順だ。

もっとも、洞窟は目と鼻の先なので、歩いて何分もかからない。手つかずの木々の坂道を下れば、すぐに到着した。

「……あ、アンタたちさっきの！」

下り終える直前に、若い青年の声が耳に届く。つい先ほど村人たちと睨《にら》みあっていた黒ずくめの彼だ。……改めて見て気付いたが、彼の体には包帯があちこちに巻かれていた。

(怪我をしてるのかしら？　でも、そんな感じはしないわよね。それに、どうして服の上から包帯を巻いているんだろう)

普通は地肌の傷口に巻くはずだ。だが、彼は何故か衣服の上から包帯を巻いている。それも、首や太ももなど、負傷したら危うい場所にばかりだ。

「どうしよう。お医者様を手配すべき？」

「……いえ。アレは何と言いますか……そういうのではない、と思います」

こそっとミーナに聞いてみれば、彼女はなんとも言いにくそうに言葉を濁した。やはり怪我をしているわけではないようだ。

(じゃあ、なんで包帯？)

疑問に思いつつも、リネットは青年の隣に視線を動かす。洞窟寄りに同じ年頃の青年がもう二人立っており、彼らも上下真っ黒な服を着ている。しかし、意匠はそれぞれ別だ。

一人が着ている服は、革製のベルトがあちこちに巻き付いている。腰はもちろん、二の腕や太ももなど用途がわからない場所にまでびっしりとだ。

「あんなにベルトを巻いて、きつくないのかしら。そういうお洒落？」

「……きっと服の大きさが合っていないんですよ。縛っていないと落ちてしまうとか」

もう一人が着ているのは、絵本などで魔法使いが着ているようなローブ風の衣装だ。目元を覆《おお》い隠す大きめのフードをかぶり、肌を一切露出していない。

「そろそろ気温も上がってきたのに、暑くないの、あれ」

「さ、寒がりなのでしょう……多分……」

疑問を口にする度《たび》に、ミーナは困ったような、あるいは誤魔化《ごまか》すように答える。瞳は何故か遠くを見つめ、そこには諦念《ていねん》すらも感じられる。

「……これはまた、痛々しいな」

リネットを挟んで反対側のグレアムも、リネットにはわからない何かに気付いているようだ。

ミーナのように目を逸らすことはないが、冷えた目には呆れと共に同情が感じられた。

「兄さんはあれを知ってるの？　あのベルトや包帯には意味があるの？」

「あんまり言ってやるな。もう少し成長したら、思い出すだけで死にたくなる病気だ」

残念ながら、気付けないリネットに教える気はないらしい。「それより」と話題を変えると、眉間《みけん》に皺《しわ》を寄せながら目を閉じた。

「それより、何よ？」

「まだ大丈夫だが、先行させた『梟』から今回の反対活動の報告がこなかった理由は、察しがついた。……アイザック殿下」

「ああ」

グレアムが小声で問えば、アイザックも紫水晶の瞳をすっと細める。ふざけたり、遊んでいたりするわけではないらしい。

「先ほどはどうも。私たちは、今回の新事業の視察に来た者です」

リネットたちの会話に参加せずとも聞いていた先頭のレナルドが、穏やかな声で青年たちに話しかける。

レナルドは顔立ちこそ優しげだが、アイザックに次ぐ長身であるし、軍人らしい引き締まった体格をしている。口調こそ丁寧だが『逆らってはいけない』という独特の威圧感を相手に与えるのだ。

「こちらの方が工事に反対されているとのことで、お話を伺いに来ました。急で申し訳ないですが、責任者の方に取り次いでいただけますか？」

「責任者……」

青年たちは三人揃って顔を見合わせると、「確認してくる」と言ってバタバタと洞窟内へ走っていった。

入口から覗《のぞ》く分には、それほど大きくもない洞窟にしか見えない。ただ、立て篭もっていると言っていたので、中には生活用品が持ち込まれているのだろう。

（ここから見えるのは、普通のランプだけね。魔術で何かしているようには見えないけど）

後は外の現場と同じように、立ち入り禁止のロープが張られている。といっても、こちらは彼らが勝手に張ったもので、外のものより粗悪なロープだ。形式として張っているだけかもしれない。

――それから待つこと数分。

反響しながら近付いてくる複数の足音に、部下たちが剣の柄に手をかける。

「お、おい。お前たちが、王都から視察に来た……軍人、か？」

やがて現れた責任者らしき者の姿に――リネットたちは全員言葉を失った。

（え、なに、どういうこと？）

頭の中を疑問符が埋め尽くしていく。

青年たちが連れてきたのは、また三人の男だった。だいたい二十代前半ぐらいと思しき男性は、青年たち同様上も下も真っ黒な服を着ている。

こちらの三人の衣装はお揃いで、アイザックたちの軍服によく似た堅苦しい意匠のものだ。高価な銀糸刺繍《ししゅう》は当然ないが、形だけは『軍装』と呼ばれるそれである。

体格もよく、現場の職人たちにも引けを取らないほどだ。が、わざと肩を怒《いか》らせているせいで、品が悪く見えてしまう。もしや、威嚇《いかく》のつもりだろうか。

腰には使い込まれた風合いの剣帯と長剣があるので、傭兵《ようへい》の類《たぐい》なのかもしれない。

……これだけなら、話し合いの相手としてはまあ許容範囲であった。


問題は、三人とも何故か、赤い髪をしていたのである。


色味だけならアイザックのそれによく似ているが、もっとのっぺりした……明らかに〝上から塗りました〟とわかる、人工的な髪色なのだ。三人全員が。

「……すごい髪の色だな」

生まれつきの赤髪であるアイザックは、感想に困ったようだ。

三人の内二人は目立っていないが、一人はどうも地毛が金髪らしく、明らかに眉やまつ毛が浮いてしまっている。お洒落だとしても中途半端だ。

(第一この人たち、この国で赤髪の意味を知らないはずはないわよね?)

アイザックやマテウスの鮮《あざ》やかな赤髪は、王族の血筋特有のものだ。初代騎士王からずっと続いているのだが、何故か王家から離れた者のもとにはほとんど生まれていない。

今の血縁者でいうと、王弟子息のマテウスまでは赤髪でも、マテウスとシャノンの間に生まれる子の髪には赤が出にくいのだ。

反対に、アイザックとリネットの間に生まれる子は、恐らく赤髪だろうと言われている。原理はよくわからないが、初代騎士王が〝そうなるように〟仕組んだ可能性もありそうだ。

(だから、ロッドフォードで赤髪といったら王家の証《あかし》。不敬になるから赤い染髪剤は出回っていないはずだけど)

彼らの頭髪は、根本から毛先までのっぺりと赤い。まさか、わざわざ別の国から染髪料を仕入れてきたのだろうか。それにしては、絵具で塗ったような均一さも気になる。

「ん、んんっ！　俺が、こいつらをまとめている、アンガスだ。えっと……遠路はるばるようこそ、とでも言えば、満足か？」

「ぶふっ!!」

リネットがあれこれ考えていた中――突然、こちらの先頭にいたレナルドが、口を押さえて吹き出した。

「え？　あの、レナルド様？」

「ふ、くく……すみません。ちょっと、これは……耐えられな……ふはっ！」

肩を震わせ、前かがみになっているレナルドは、どうやら笑いのツボに入ったらしい。

実はレナルドは笑いの沸点が低く、一度ハマるとしばらく戻ってこない。リネットたちは皆が知っていることだが、今レナルドが笑い出した意味がわからなかった。

（ちょっと変な喋《しゃべ》り方だけど、名乗っただけよね？　それで笑うのは、いくらなんでも失礼な気がするわ）

名乗りをあげたのは、三人の中で一番身長の高い男だ。バシッと音を立てて両手を腰に当てる動作はかなり大げさで、かつ明らかに〝台詞《せりふ》を読んで〟いる……はっきりいって大根役者としか思えない喋り方だったものの、名前自体はこの国ではよく聞くものだ。

他に笑えるところがあるのか、と改めて彼らを注視して――リネットの良すぎる目は、彼らの衣装に気がついた。

軍服風の揃いの上着には、勲章《くんしょう》っぽいものがいくつか飾られているのだが、よく見ると材質がおかしい。

（本物じゃないとは思ったけど、これ木の板だわ！）

そう、彼らが胸元に飾っている勲章もどきは、それらしい形に切り抜いた木の板なのだ。絵具で色をつけているが、処理が甘いのかデコボコしているし、色もだいぶ安っぽい。幼子《おさなご》の工作ならまだしも、二十代の男性がつけるにはあまりにも幼稚だ。

その上、代表のアンガスは白地の外套をつけているように見えたが、これもただの薄布だ。切りっぱなしの布端は糸がほつれているし、なんなら背後の洞窟が透けている。

（なんか、全体的にすごい雑!!）

いい年の大人がする仮装としてはあんまりだ。今時、子どものお遊戯会だってもう少し凝っている。きっとレナルドも、名前ではなくこれに気付いて吹き出したのだろう。

「おい、レナルド。いつまで笑ってる」

リネットの考えに呼応するように、アイザックが低い声をかける。途端にレナルドは、息の多く混じった笑い声で「髪型髪型！」とだけ伝えてきた。

「あれ、髪型？」

衣装の雑さじゃないのか、と今度は彼らののっぺりとした髪の形に注目してみる。

アンガスの髪型は、別にマテウスのような特殊なものではない。右分けの、ごく一般的な男性の短髪である。少し襟足《えりあし》が長いが、決して笑うようなものではない。の、だが。

「ああ……王太子殿下と、同じ髪型ですね」

そう呟いたミーナの声で、リネットはレナルドが吹き出した真の理由を悟った。

確かに、アイザックの前髪も右分けだ。大好きな旦那様の分け目を忘れるわけがない。

(赤色に右分け前髪。それに、雑な作りだけど軍服を着て、剣を携えてる。あと、さっきの演技がかった声も多分そうだわ！)

演技がかった……もっと端的《たんてき》にいえば、格好つけた声だ。棒読みだったが、きっと喋り方も意識していたのだろう。

「顔が違いすぎて気付かなかった。貴方、アイザック様の真似をしてるのね!!」

リネットのはっきりとした指摘に、レナルドだけでなく、今度はこちらの全員が吹き出した。

言われてみれば納得するしかない。出来はともかく、完全なアイザックの模倣《もほう》である。

「リネット様、ふふ……さ、さすがに直球すぎるかと……！」

「愚妹よ、兄ちゃんは擁護《ようご》できんぞ。だがよく言った！」

「……そんなに笑うところだった？」

故郷仲間もお腹を抱えて笑っているので、なんだか申し訳なくなってくる。

視線を兄たちからアンガスへ戻せば、彼の顔は怒りで真っ赤に染まっていた。

「ご、ごめんなさい！　アイザック様が真似したくなるほど素敵な方だっていうのは、私もよくわかるんですけど。ちょっと色々雑すぎかなーって思ったり……」

「ふざけるなよ……アンタの連れだって、同じことをしてるだろう!!」

「え？」

今にも暴れ出しそうな強い声と共に、彼がビッと指をさす。

その相手は、リネットのすぐ前にいる旦那様だ。

「いや、一緒にしないでよ!?　彼は本物の……」

「もういい!!　アンタ……じゃない！　お前たちと話すことなど、ない。今すぐに去れ!!」

正体に気付いていない彼に説明しようとするものの、リネットを遮《さえぎ》ってまた怒声が響く。

——次の瞬間、洞窟の出入口は真っ暗な闇で覆われていた。

「な、なにこれ⁉」

「なるほど。これが職人の言っていた壁か」

出入口の穴がぴったりと覆い隠されて、全く何も見えなくなっている。それこそ、絵具や塗料で塗りつぶしたような純黒だ。

リネットの目で見てこれなので、他の者にも中は見えないはずだ。

「これは、やっぱり魔術ですか？」

「そうだとは思うが、どうにも確信が持てないな。力が弱すぎて、魔術だと断言できない。多分、触らないほうがいいとは思うが」

じっと闇を見つめていたアイザックは、やがてゆるく首を横にふった。

一番詳しいアイザックがそう言うのなら、素人《しろうと》のリネットたちは従うのが賢明だ。

「で？　人を叱《しか》って前に出た義兄上《あに》は、一体何をやっているんだ？」

「……すみませんでした。まさか、あんな面白い人が出てくるとは思わなくて」

「確かに面白かったが」

思い出してまた震えだすレナルドに、アイザックは呆れたように息を吐く。

相手を怒らせてしまった以上、今日話をするのは難しいだろう。となれば、残念だが一旦屋敷へ戻るしかない。

「しかし、再現度の低い真似っこでしたね。衣装も髪色もひどすぎる。あれなら、マテウス様の髪型をいじったほうが殿下に似てますよ」

「それはそうだろう。あいつは俺の従弟《いとこ》だぞ」

「前髪の印象が強くてつい」

グレアムと語りながら、アイザックは笑ったままのレナルドの首根っこを掴んで来た道を引き返していく。叱った張本人がぽんこつになっても、言われたことはちゃんと守るようだ。

（アイザック様なら、多分やろうと思えばこの変な壁も壊せるものね）

そもそもの話、彼に不可能なことがあるのか疑わしいが。それでも、ちゃんと言いつけを守って実力行使はしないでくれた。

アンガスたちは、命拾いしたなどとは知らないと思うが。

「リネット様も行きましょう」

「そうね。そろそろお腹も空《す》いてきたし」

空を見上げれば、太陽がちょうど中天に辿《たど》りつく頃合いだ。村の人々も食事には注力してくれているそうなので、まず腹ごしらえをしてから残りの視察だ。

木と土の匂いが強い坂道を、リネットも引き返す。

——その後ろ姿を、見えない闇の壁の向こうから見ている者がいるなんて、思いもせずに。

散歩にちょうどいい距離をのんびり歩いて屋敷に戻ると、今正《まさ》に到着したという体《てい》の馬が数頭と、立派な馬車の姿が視界に入ってきた。

先頭にいるのは少し前に案内してくれたばかりの村長であり、その後ろに続く馬車は側面にこの国のものとは違う紋章を刻んでいる。

無論、それがどこの家のものなのかは、リネットたちはよく知っていた。

「これは王太子殿下、こちらにいらっしゃったのですね」

どうどうと馬を宥めながら、地面に降りた村長が頭を下げる。

続けて、御者が迎えに行くよりも早く、馬車の扉が内側からバンッと開かれた。


「やあ、ハニー！　久しぶりだね‼」


そして、のどかな村に響く、溌剌《はつらつ》とした声。

勢いよく開かれた扉は舞台の緞帳《どんちょう》のようにひらりと揺れ、その動きに合わせて踊るように麗人が舞い降りる。

黒に近い緑色の髪を一つに束《たば》ね、涼やかな琥珀《こはく》の瞳に溢《あふ》れんばかりの喜びを浮かべる美青年
……ではなく、現れたその人は『彼女』だ。

「お久しぶりです、ソニア様！」

「会いたかったよリネットさん！　元気そうで何よりだ」

ふわふわと円を描くように歩み寄ってきた彼女は、躊躇《ためら》いもなくリネットの体にぎゅっと抱き着いてくる。

いつもの衣服よりも薄い上着越しに感じるのは、柔らかな感触だ。どこか潮の香りが混ざった空気に、リネットもほっと息をつく。

彼女こそ、今回の新事業の協力者であり、同時に視察も行う仲間。そして、隣国マクファーレンの王太子になった第一王女、ソニアである。

最後に会ったのは園遊会の前の頃。彼女の立太子式典と併《あわ》せたお見合い夜会なので、実は久しぶりというほどの期間は空いていないのだが。

それでも、自分に会いたかったと言ってもらえると、やはり嬉しくなる。

「元気そうだな、男装王女。見合いは順調か？」

「アイザック君もね。残念ながら、順調とは言いがたいかな。いい子は沢山《たくさん》いるのだけれど、誰かを選ぼうとすると、すぐに喧嘩《けんか》になってしまうからね。まったく、愛されすぎるのも困ったものだよ。美しさは罪だね……」

リネットにすり寄りつつ、さらりとすごいことを述べる彼女にロッドフォードの者たちは乾いた笑いをこぼす。

以前ならば自意識過剰だと笑えたが、マクファーレンに訪れた際に彼女の尋常《じんじょう》ではないモテっぷりが全て真実だと知ってしまっている。冗談抜きで心配になるほどだ。

「どうか無理はなさらないで下さいね。確かに、結婚も王太子の責務ではありますが、急いですることでもありませんし。ソニア様が心に決めた方と幸せになって下さることを、私は祈ってます」

「リネットさんは本当に優しいね。こうしてキミと会えただけでも、ボクは公務を死ぬ気で片付けてきてよかったと思えるよ」

凛々《りり》しいソニアの笑みに、ふっと儚《はかな》さが混じる。

マクファーレンはロッドフォードと違い、王族には複婚を推奨する国だ。

女王の場合、王配を多数迎えるかどうかは人によって違うが、現状は国のための結婚という意味合いがかなり強い。

だが、彼女は恋愛感情で結ばれたリネットとアイザックを知っていて、どこかで憧れも持っている。リネットとしても、ソニアにも幸せな結婚をして欲しいところだ。

「ま、ボクの婚姻話は今回置いておこう！　ここコナハンは、記念すべきボクたちの共同事業第一弾だからね！」

ソニアはリネットから離れると、空気を換えるようにくるりと回ってみせる。相変わらず、彼女の喋り方は演技がかっており、動きも俳優のように大げさだ。

だが、憎めない愛嬌《あいきょう》が同居している。彼女と一緒に仕事ができたら、絶対に楽しい時間をすごせることだろう。

「せっかく陛下を説得して役目を勝ち取ってきたんだ。ボクもしっかり仕事はさせてもらうよ」

「はい、よろしくお願いします！」

ソニアが差し出してきた右手に、リネットがそっと手を乗せる。

離れてから気付いたが、彼女もまた、今回は簡素な服装で来たようだ。

白地のシャツに、目の粗《あら》い白茶のズボン。下はアイザックたち同様の膝丈のブーツを合わせて、ベルトの代わりに腰にはふわっとした布を巻いている。いつも通り全て男もので、船乗りの衣装によく似ている。

「ソニア様はそういう服装もお似合いですね」

「ボクは元がいいから、何を着ても似合ってしまうのさ！」

「あはは、違いないです」

決めポーズをとる彼女に、リネットも拍手で応える。反対活動に多少は悲しく思う部分もあったが、ソニアが一緒なら気持ちが沈むヒマもない日々になりそうだ。

「ところでソニア王女、助っ人《すけと》とやらを連れてくると聞いたが？」

「ああ、そうだったね！」

リネットを取り戻すようにアイザックが引き寄せると、彼女は一瞬眩《まぶ》しそうに目を細めた後に、くるっと馬車に向きなおった。

ソニアが乗ってきた二頭立ての立派な馬車の窓には、同乗者の影が映っている。大きさ的に男性のようだが、荷下ろしを始めている護衛たちとは違うらしい。

「お待たせして申し訳ない！　どうぞ、降りてきてもらえないだろうか」

ソニアが声をかけると、影は待ってましたとばかりに動き始める。

開きっぱなしの扉から覗いて見えるのは、白くて長い上着の裾《すそ》だ。

（…………ん？）

それだけでも見覚えがあるなーと思うリネットだったが……予感を裏付けるように、二人の男性が姿を現した。

「やあ、アイザック殿下！　久しぶりだね」

「来る時は言えと前にも伝えただろうが、この魔術野郎ッ!!」

あまりにも軽い挨拶と、それを遮るようなアイザックの怒声が響く。

村長やマクファーレンの護衛たちがびっくりして固まってしまったが、それも致し方ない。

同乗者は、そういう相手だったのだ。

「ファ……ファビアン殿下!?　それに、リュカ殿下まで!?」

「リネットさんも久しぶりだね。マクファーレンでは弟が世話になったみたいで、ありがとう」

「このような形でお邪魔してすみません」

果たしてそこに現れたのは、魔術大国として名を馳《は》せるエルヴェシウスの第四王子ファビアンと、その弟の第六王子リュカだった。

（どうりで見覚えがある服だと……）

聖職者を思わせる裾の長い白地の衣装は、魔術師協会の幹部のみが許される正装である。ファビアンとリュカは、共に王族でありながら魔術師としても名を連ねる有名人だ。

炭のような真っ黒な髪色に、穏やかで人の良さそうな顔立ちと、緑の瞳。並んで立つ姿は初めて見たが、兄弟の容姿はとてもよく似ていた。

「おいソニア王女。強力な助っ人とは聞いたが、まさか他国の王族を連れてくるなんて聞いていないぞ……」

「いやーすまないね、アイザック君。ボクとしても、まさかこうなるとは思っていなかったのだけど。マクファーレンを訪れていた彼らに話したら、ちょうどいいからぜひ連れてって☆という流れになってしまってね！」

うっかりうっかり、と笑うソニアに、アイザックは額《ひたい》に青筋を立て、レナルドは目元を押さえながら天を仰《あお》いでいる。

ロッドフォードの王太子がじきじきに視察に来ているだけでもとんでもないのに、ここに隣国マクファーレンの王太子が合流し、さらには別大陸の大国の王子が二人も加わるとは。

「……一体ここで何が始まるんだろうな？」

「新しい観光地の視察、だったはずなんですけどね」

下手をしなくても、国をあげて迎えるべき賓客《ひんきゃく》が三名も増えてしまった片田舎の村に、なんともいえない空気が立ち込める。

不運にも全てのやりとりを聞いてしまった村長などは、真っ青な顔で動けなくなってしまっていた。

「大丈夫ですよ、アイザック殿下。僕やリュカの正装は地味ですし、そもそも僕たち顔が目立たないので。本名を名乗らなければ、王族だなんて誰も気付きませんって」

「ファビアン兄さん、多分そういうことじゃないと思う」

「お前は少し弟を見習え」

漫才のようなやりとりを交わす三人を見て、ソニアはにこにこしながらまたリネットの手に腕を絡めてくる。

先ほどの反対活動について、食事をとりながら相談を……と思っていたのだが。

（確実にそれどころじゃなくなったわね）

喜ぶべきか悲しむべきか。なんともいえない人々の間を、温かくも心地よい夏の匂いのする風がすぎていった。

3章　観光地の目玉となるものは

予想外の人物との再会はあったものの、何をするにもお腹《なか》が空《す》いていては始まらない。

ということで、若干《じゃっかん》険悪な雰囲気を残しつつも、リネットたちはひとまず屋敷で昼食をとることになった。

ちなみに、リネットたちが乗ってきた分はもちろん、ソニアたちが乗ってきた馬も皆、村で預かられてちゃんと世話をされている。今は同じように食事をもらっているはずだ。

村長も慣れた様子で駆っていたので、この村はそれなりに安定した生活を送っていたのだろう。馬は貴重な移動手段だが、何せ維持管理には手間もお金もかかる。

……彼にはファビアンたち兄弟の正体を黙っていてもらうようにお願いしたので、村へ戻《もど》る際には真っ白な顔色をしていたが、そこは長として頑張ってもらおう。

「お待たせいたしました！」

「お昼はお魚なんですね」

屋敷に勤める村人たちが用意してくれたのは、丸々とした川魚の塩焼きを主菜にした、素朴ながらも非常に食欲をそそる食事だった。

王族に提供する品目としてはいささか地味だが、豊かな自然を楽しみ、土地のものを食べてもらうことを主軸に置いた事業なので、もちろん文句は一つも出ない。

「ん……美味《おい》しい⁉」

その上、味のほうも期待以上のものを作ってくれている。

脂《あぶら》の乗った魚は一口含んだ瞬間からじゅわっと旨味《うまみ》が溢《あふ》れだし、熱いとわかっていても齧《かじ》り付く勢いが止まらない。皮はパリッと、身は柔らかく。そして、後味がしつこくないので、普段はお肉信者のリネットもこれならいくらでも食べられそうだ。

下処理をしっかりしてあるので生臭さもなく、丁寧にまぶされた粗塩《あらじお》がまた合っている。

「この塩は、ボクの国のものだね」

「はい、おっしゃる通りです」

行儀《ぎょうぎ》よくカトラリーで切り分けて魚を食べているソニアは、自国のものだとすぐわかったらしい。海沿いの国マクファーレンは、漁業を中心に海を利用した産業を多数展開しており、海塩生産も盛んだ。

コナハンは王都よりもマクファーレン寄りなので、商人からの仕入れも円滑に行えるのだろう。これは、共同事業という点から見てもとても良い。

「この魚には、岩塩よりも海の塩のほうが合うんですよ。正式に一品としてお出しすることが決まっても、当然お塩はマクファーレン産のものでいきます」

「そうなのかい？　それは嬉《うれ》しいな」

ソニアも喜んでくれているので、責任者としてもありがたいことだ。

今でこそ仲良しに見えるが、マクファーレンは身勝手な王族のせいで戦争になる可能性すらあった国だ。アイザックとソニアが王となる次代は、そんなことは考えもつかないような良好な関係を築いていきたい。

（なんて、真面目《まじめ》なことを考えるのは私らしくないんだけど。……それにしても）

和《なご》やかなソニアたちを眺めてから、再び自分の食事に視線を戻す。注目するところは、主菜の塩焼きではなく、副菜とスープに入っている具のキノコだ。

これがなんと――非常に美味しい。

（見た目はただの茶色いキノコなのに、苦味も変な癖もない。身も肉厚なのに、味がしっかり染みてる。これがあったら、お肉や魚が獲れない日でも食卓が寂しくない気がするわ！）

ついアディンセル伯爵領での貧しい食生活を思い出してしまったが、今の王太子妃の立場で考えても歓迎の要素だ。

花や果物は気候の関係で生育が難しいものが多いが、キノコはこの地に比較的合いやすい。山で育つ貴重な食物、それも味もいい品種ならどんどん栽培して欲しいものだ。

「このキノコすごく美味しいですね。私は初めて食べたんですが、なんていう名前ですか？」

ソニアとの会話が一区切りしたのを見計らってから訊《たず》ねると、料理担当の村人たちはどこか困ったような顔をしながら「お口に合ってよかった」と苦笑した。……もしや、褒めてはいけない部分だったのだろうか。

「すみません。私、何か変な質問をしてしまいましたか？」

「とんでもない！　王太子妃殿下にお褒めいただき、とても喜ばしいことです。ただその、そのキノコを本腰を入れて栽培し始めた経緯が、ちょっと複雑なもので……」

曖昧《あいまい》な表現にリネットが首をかしげると、奥にいた一人の男性がぽつぽつと話し始めた。

「実はこのキノコを本格的に栽培し始めたのは、『例の方』がここで暮らすようになってからなのです。それも、ちょっと困った理由がきっかけでして」

「あの魔術師どもが、村に何かをしたのか？」

「いいえ、直接的には何もございませんでした。ただ、どうにも舌の肥えた方だったもので。提供する食材に、少々苦労することになりました」

この立派な隠れ家を見ても、潜伏魔術師が日々贅沢《ぜいたく》な暮らしをしていたことは窺《うかが》える。衣と住にこだわっていたのなら、当然食にも金を使っていたはずだ。

「と言いますか、あの人たち村の皆さんに食事のお世話までさせていたなんて……」

「もっと厳しく扱うべきだったたか」

「い、いいえ、働いた分のお給金はいただいてましたので、ご心配には及びません」

視線を鋭《するど》くしたアイザックに、村人から悲鳴のような声が上がる。さりげなくレナルドがアイザックを宥《なだ》めると、彼は思い出すように瞼《まぶた》を閉じてから、また続けた。

「問題だったのは、あの方を満足させられるような料理を作れる者がいなかったことと、食材の工面でございます。何せ我々は、貴族の方が食べているようなお料理を存じませんもので」

学がなくてお恥ずかしい、と男性は苦笑しているが、そもそもの話、身を隠さなければならないような犯罪者が、衣食住の快適さを望む時点でだいぶ我侭《わがまま》だ。

それも、貴族並みの品質まで望んでいたのなら、面《つら》の皮の厚さに驚くばかりである。

「材料費は出していただけたのですが、いかんせん我々は仔牛《こうし》だ仔羊《こひつじ》だと要求されましても、仕入先に当てもありませんし、良い調理方法も存じません。ですが、あの方は大の肉好きでしたので、皆様にお出ししたような魚はダメだと言われてしまいまして」

「呆《あき》れるほどの我侭ぶりだな……」

典型的なダメ貴族ぶりに、席についた全員がため息をこぼす。リネットもお肉信者だが、よそ様に迷惑をかけるような輩《やから》は同志とは認めない所存だ。

ちなみに、ロッドフォードにも畜産業を営む者はもちろんいるが、コナハンの付近に大規模な農場はない。少し離れた町へ行けば肉自体は購入できるものの、先ほど言ったような市井《しせい》にはあまり流通しない高級品を入手するのは難しいだろう。

「えっと、それでどうしたんですか？」

「普通に手に入る肉をお出ししましたよ。買ってきたり、狩りで仕留めたり。何もない時には、皆の家で飼っている鶏《にわとり》や家鴨《あひる》を少し分けてもらったりしました」

(あの小屋はやっぱり家禽《かきん》用だったんだ)

来た時に見た景色の謎が一つ解明されると同時に、各家で卵や肉を用意しているしっかりとした暮らしぶりにまた感心する。

軍人や城勤めと違い、給金が確約されていない職人を支えるのは家人の仕事だ。愛する人を支える努力は、尊敬に値する。心構えなど、参考に聞いてみてもいいかもしれない。

「それでも、あの方のご要望にお応えしきれなくなってきまして……肉以外の美味しいものを『特別な品』だとお出しして、乗り切ろうということになったのです」

「それがこのキノコか」

「その通りでございます」

深々と頭を下げる彼に、リネットは再びキノコに視線を戻す。

美味しいことは確かだが、特別と呼ぶには見た目が地味すぎる気がしなくもない。

「なるほど、よく考えたね。キノコといったら、高級食材にもいくつも名を連ねるものだ。提案した子は、なかなか博識とみたよ」

「えっ、そうなんですか⁉」

素直に称《たた》えたソニアに、リネットのほうが驚いてしまう。

リネットにとってキノコといえば、自然の恵みの一つだった。時折お腹を壊したのはご愛嬌《あいきょう》としても、高級品という印象はない。

「値の張るものが多いですよ、キノコは。栽培が難しくて、量が採れないので」

「山に勝手に生えてくるものとは違うんですね……」

公爵子息のレナルドも同意するので、本当らしい。ということは、もしやこの昼食も、本当はとんでもない値がつくのかもしれない。

「提案してくれたのはよそから来た者でしたが、本当に助かりました。あの方も美食に通じていたからこそ〝希少性〟を重んじて下さったので、以降は肉以外にキノコも召し上がるようになり、仕入れに苦労する機会も減ったのです」

当時を思い出して息をつく男性に、他の皆も揃《そろ》って首肯《しゅこう》する。

これは確かに、微妙な経緯だ。美味しいものは歓迎するが、きっかけが我侭男のためというのは素直に喜べない。

「それで、これは本当に特別なキノコなのか？」

「栽培が難しいのは本当でございます。市井で売られているところも見たことがありません。きっと知っている者は皆、自分たちが食べるために情報を広めていないのでしょう。我々もちゃんと栽培を始めると決めた際に、適した場所を探すのに少々骨が折れました。もちろん、食用の品種であることは事前に検査済みでございます。学名はエカツスタムだったかと」

「舌を噛《か》みそうな名前だな……俺も聞いたことがない」

アイザックはふむ、と顎《あご》を撫《な》でた後に、キノコを一切れ口に運ぶ。途端《とたん》に頬《ほお》を緩《ゆる》ませた彼を見て、村人たちは顔を見合わせて喜んだ。

経緯こそ複雑だが、彼らの努力は称えられるべきだ。観光業が軌道に乗ることが一番だが、もしかしたらこのキノコだけでも有名になれるかもしれない。

「それにしても、あいつらはこんなところにも迷惑をかけていたんだね。本当に申し訳ない」

「え、あの?」

ほのぼのした雰囲気になったのも束《つか》の間《ま》、カトラリーを置いて頭を下げた白服の兄弟に、村人たちがきょとんと目を瞬《またた》く。よそでは一目で理解される魔術師協会の正装だが、ロッドフォードの民が知っているわけがない。

「どうか頭をあげて下さいませ。私どもに謝罪をしていただくようなことは……」

「あー……なんだ。そいつらもよそから来た魔術師なんだ。同類が迷惑をかけたことに、責任を感じているんだろう」

「そうなのですか！　わざわざありがとうございます」

まさか大国の王子たちですとは言えず、曖昧に誤魔化《ごまか》したアイザックに対して、村人たちは素直に対応してくれる。

「これは潜伏したくなるなあ」と呟《つぶや》いたファビアンの声は、聞かなかったことにしておこう。

＊＊＊

美味しい昼食を無事に終えた後は、視察中の部屋決めである。

相手がソニアだけならば、予定通りアイザックの反対側の貴賓室《きひん》を使ってもらえばよかったのだが、ここで急遽《きゅうきょ》増えた客人の問題だ。

エルヴェシウスといえば、ロッドフォードなど比べ物にならないほどの大国だ。いくら王位に遠い王子とはいえ、当然適当な扱いはできないのだが……。

「え？　僕たちの部屋はそちらの護衛の皆と同じ感じで大丈夫ですよ。むしろ、正体を隠したいので、雑に扱って下さい。ソニア王女は予定通りのお部屋でどうぞ」

「お気遣いはありがたいですが、僕もファビアン兄さんも机や床で寝ることに慣れていますので、どうぞお構いなく」

「……魔術師というのは、変人しかいないのか？」

まさかの二人とも『適当でいい』という返答だったので、アイザックとレナルドのほうが頭を抱えてしまった。

彼らに会う度《たび》に思うことだが、この二人は王子の立場よりも魔術師としての生き方を楽しみすぎている気がする。特に兄のほうが。

（まあ、アイザック様はファビアン殿下を時々蔑称《べっしょう》呼びしたりもするし。今更畏《いまさらかしこ》まっても遅いのよね）

とにかく、問題は解決だ。早速やりとりを見ていたソニアを、奥の客室へと促《うなが》す。

「ソニア様のお部屋はこちらです。突き当たりの貴賓室を使って下さい」

「ああ、ありがとう。リネットさんとは反対側なんだね……残念だよ。だが、愛は障害が多いほうが燃えるものさ！」

「男装王女も変なものを燃やすな。部屋が決まったなら、さっさと荷物を運ぶぞ」

アイザックはすっかり疲れた顔をしつつも、さくさくとソニアの荷物を運んでいく。慌《あわ》てて双方の護衛役が追いかけるが、効率優先だと彼らには別の荷物を割りふっている。

「しかしソニア王女。何故《なぜ》あの兄弟を連れてきたんだ？　俺は結婚式の前にも、予告のない訪問を咎《とが》めた記憶があるんだが」

「もちろん報《しら》せは出してあるよ。ただ、王城宛てに送ったものだから、多分キミたちと入れ違いになってしまったんだろうね。いやあ、すまないね！」

「笑いごとじゃないんだが。……マテウスが泣いてそうだな」

からからと笑うソニアに、アイザックの眉間《みけん》の皺《しわ》が深くなる。

今回同行しなかったマテウスには、やはりアイザックの代理として机仕事のいくつかを任せている。一応、結婚式の準備を優先するようにと伝えてあるが、エルヴェシウスから王子が二人も来ているという報せが耳に入ったら、真面目な彼はさぞ困惑するだろう。

「それに、リュカ殿下と約束していたじゃないか。ロッドフォードに遊びに行くと」

「国賓としてなら喜んで迎えたが、こんなところでいきなり……それも、あの兄と一緒では、素直に出迎える気は起こらんな」

「キミも大概《たいがい》真面目だね」

王太子同士の会話とは思えないほどの気楽さで、二人はのんびりと廊下を進んでいく。同じ年だけあって、なんだかんだ話しやすいのだろう。

以前なら多少心配になったかもしれないが、妻として愛され、不安を覚えることもほとんどなくなったリネットとしては、旦那様と大切な友人が仲良しで嬉しいぐらいだ。

（こっちはお任せして大丈夫そうね。ファビアン殿下たちは……）

ちらりとふり返ると、ファビアンとリュカも本当に適当に客室を決めたらしく、片手で持てる程度の鞄《かばん》をそれぞれの部屋へ運んでいる。

「ん？」

運んでいるのは、それだけだ。リネットたちもそれほど多くはないが、彼らの荷物は王族として以前に人として心配になるほど少なかった。

「あの、両殿下のお荷物はそれだけですか？　着替えとか足ります？」

思わずリネットが訊ねてみると、途端にファビアンの眼鏡《めがね》の奥の緑眼がパッと輝く。触れてはいけない話題だと気付いた時には遅かった。

「さすがリネットさん、よく気付いてくれたね！　この鞄、新作の魔導具なんだ！　中に縮小魔術が込めてあるから、荷物がかさばらないんだよ。効果切れが早いのが難点なんだけど、燃料石も大量に詰めてきたから、こまめにかけ直せば身軽に旅行ができるんだ。後でアイザック殿下にも術式を見てもらいたいと思って……」

「ファビアン兄さん、一気に喋《しゃべ》ったら引かれるって前にも言ったじゃないですか」

鼻息荒く鞄について語り始めたファビアンを、横からリュカが軽い手刀で制する。顔はよく似た兄弟だが、やはり弟のほうが常識的らしい。

「妃殿下、いつもご迷惑をおかけしてすみません」

「い、いいえ。お荷物が心配になっただけですから、大丈夫なら問題ないです。お会いする度に新しい魔導具が増えていて、すごいですね」

「ありがとうございます。腕は確かなんですが、兄にも困ったものです」

眉を下げて返すリュカだが、ファビアンを見る目は柔らかい。同じように兄がいるリネットだからこそ、彼らが本当に仲が良いことがしっかりと伝わってきた。

（ソニア様のご兄弟は色々と複雑だったけど、この二人は仲良しでよかった。……あれ、そういえば兄さんは？）

ふと気になって周囲を見渡してみるも、近くにはいないようだ。昼食は一緒にとったが、同席者の身分が高いので、顔を立てるべくグレアムはずっと静かだった。

「リネット様？」

「わっ！　あ、ミーナか」

背後からかけられた声に肩を跳ね上げると、いつもの調子で気配を消していた彼女が「すみません」と小さく頭を下げる。ファビアンとリュカも気付いていなかったのか、目を見開いたまま固まってしまった。

「失礼いたしました。どうかしましたか？」

「あ、うん。兄さんの姿が見えないから、ちょっと探してただけよ」

リネットが出した名前で、二人もミーナが『梟《ふくろう》』の関係者だと気付いたのだろう。声は乗せず「すごいね」と動いた唇は、どこか楽しげだ。

「グレアム様でしたら、屋敷の外で『梟』たちに指示を出しておられますね。お部屋に荷物を運び終わりましたら、この後は観光地の見学に向かうとのことでしたから。恐らく、人員を先に配置しているかと」

「そうなんだ。さすがね」

彼らは実家の領民のはずだが、その行動力と迅速《じんそく》さは相変わらずリネットの予想のはるか上をいっている。

……自分たちが美味しい食事に舌鼓《したつづみ》を打っている間も各地を走り回ってくれていたと考える

と、なんだか申し訳なくなる話だ。

「ご心配には及びません、リネット様。我々はこれが仕事です。その分の対価はちゃんといただいてますから、どうぞお気になさらず」

「えっ⁉　ど、どうして」

「顔に出ていましたよ」

微笑《ほほえ》むミーナに頬が熱くなってくる。

立場上、そろそろ腹芸も嗜《たしな》めるようにならなければいけないのに、顔を見ただけでバレるようでは王太子妃として失格だ。

そもそも、『梟』はその道を極めた専門家である。心配するなんて、むしろ彼らに失礼かもしれない。

「ごめんなさい、気をつけるわ」

「お気になさらず。そんなリネット様だからこそ、ついてくる者もいるのですから」

慰めてくれるミーナの向かい側では、魔術師兄弟もにこにこしている。多分褒められているのだろうが、情けないやら気恥ずかしいやらだ。

(せめて視察はしっかりやって、挽回《ばんかい》しないとね)

それからいくらか待って、全ての荷物を運び終えた一行は、予定通りに観光地となる山の視察へと向かうことになった。

先ほど行ったばかりの宿泊所の現場から、歩くこと十数分。

「ここが、そうですか？」

辿りついたのは、一見海と見まごうような大きな湖だった。

もちろん歩いていける範囲に岸辺があるが、『湖』と言われて思っていたものよりもはるかに大きく、水質も底が見えるほどに澄《す》んでいて美しい。

「これは素晴らしいね！」

まず歓声を上げたのは、水場を見慣れているはずのソニアだった。

太陽の光を反射する水面を眩《まぶ》しそうに見つめながら、腕を伸ばしたり縮めたり忙しく動かしている。もともと彼女は動きが大仰《おおぎょう》だが、全身で感動を表しているようにも見える。

アイザックから他国の視点で自分たちにわからない良さを教えてもらうとは聞いていたが、手放しで褒めてもらえるのは少々意外だった。

「そんなに良いものなんですか？　ソニア様は、海を見慣れていらっしゃるのに」

「海と湖は全然違うよ。まず、空気が違うね。冷たくて美味しい！　海辺の潮風も好きだけど、あれは対策をしないと被害が出てしまうからね」

「そうなんですか⁉」

先の立太子式典訪問で初めて海を見て感動したリネットには、害が出るなんて衝撃の話だ。

「もちろん海も素晴らしいよ。でも、この湖は本当にきれいだ。来るまでの道も心地よかったし、ボクを包み込む全てが爽《さわ》やかで、魂から洗われるようだよ！」

「さ、さすがに魂まで届くかはわかりませんが……」

ソニアの視線を追うと、頭上に生い茂る緑から雫《しずく》のように光がこぼれ落ちる。ちょうどよい暖かさは、心を穏やかにしてくれる。

きらきらした水面も、風が吹くとますます輝き、眩しさは宝石をちりばめたよう。

そして、湖畔《こはん》の空気は水気を多く含んでいるはずなのに、肌に張り付くこともない。

よく知っていたはずのロッドフォードの涼しい夏は、改めて感じると確かに爽やかで、とても気持ちが良かった。

「これだけ透き通った水が自然にあるのも珍しいね。飲めるのかい？」

「一応飲めるようですよ。付近の方はもっと上流のほうにある、山の湧《わ》き水を使っていると言ってましたが」

「湧き水！　昼食の水が美味しかったのはそれだね！」

ロッドフォードは湧き水や雪解け水が豊富にあるため考えたこともなかったが、ソニアにとってそれは重要なことらしい。

（そういえば、海水って塩が混ざってるから、そのままじゃ飲めないんだったわ）

そう考えると、周囲を水に囲まれていながら、マクファーレンの人々が暮らしに使える水はそれほど多くないのかもしれない。

その弱点を補い余って、美しいし魚は美味しいしの素晴らしい国だったが。

「そっか、山の国にも良いところはあるんですね」

「もちろんだよ、ハニー。こうして散歩をしているだけでも気持ちいいけど、簡易な船着き場を作って、二人乗りの小舟を貸出ししてもいいと思うよ。これだけ大きい湖なら、中央まで行ったらより気持ちよさそうだ」

「あ、いいですね！」

ソニアが出してくれた良案を、忘れないように頭に刻む。大がかりなものを作ったら景観を損《そこ》ねてしまうが、この地の木材で小さめのものを作るぐらいなら良さそうだ。

一応泳ぐこともできるとは聞いているが、真夏でも水温がとても低いことと、中央はかなり深くて危険らしいので、遊泳を解禁するよりは安全に楽しんでもらえるだろう。

「兄さんたちはどう思う？」

ぱっとふり返って確認すると、話をふられると思っていなかったのか、きょとんとした二対の瞳が合う。リネットたちと同行しているのは、グレアムとミーナのみだ。恐らく『梟』が付近に隠れてくれているだろうが、視認できないので割愛《かつあい》しておく。

――実は観光地見学に行く際に、ソニアからの提案で男女に別れて行動することになったのだ。曰《いわ》く、それぞれにしかわからない楽しみ方があるから、と。

（多分本当は、魔術師の二人とアイザック様が話す時間を作ってくれたんだと思うけど）

リネットに対して過保護気味なところがあるアイザックは、彼ら……特にファビアンがリネットを構おうとすることをよしとしない。

会話の始めから喧嘩腰《けんかごし》なんてこともざらなので、あえてリネット抜きで話せるようにと分けてくれたのだ。大好きな旦那様がいないのは寂しいが、『女子会』も悪くない。

何故かこちら側に分けられたグレアムは不服そうだったが、これは似合いすぎる女装を解いていない彼が悪い。

「あー、なんでオレに意見を聞くんだ？　小舟を置くなら、かかわりがありそうなのはお前たちのほうだろう」

愛らしい美少女顔には不釣り合いの低い声で、実兄が呟く。

「そりゃ、責任者は私たちだけど」

「そうじゃなくて。二人乗りの小舟ってことは、要は夫婦や恋人が楽しむものってことだ。独り身のオレより、お前のがかかわりがあるだろ？」

「あっ、なるほど！」

ソニアが二人乗りと指定したのは、意図があってのことだったようだ。確かに恋愛小説などで、恋人たちが二人で小舟を漕《こ》いでいるのを読んだことがある。

残念ながらロッドフォードは船に馴染《なじみ》がないが、他国では普通に普及しているのだろう。漁

や釣りのためではなく、二人の時間を楽しむための小舟が。

「岸から離れれば二人きりの世界を楽しむこともできるしな。護衛するオレたちからしたら地獄だが、多少の監視逃れは許されてもいいだろ」

「そう言われると、ますます良い案だと思うわ。楽しそう！」

「小舟を漕ぐぐらいなら、訓練しなくてもいけるだろう。男の腕の見せ所だ」

そう言って口端《くちは》を吊《つ》り上げる彼はどう見ても〝漕いでもらう側〟にしか見えないが、いざ櫂《かい》を持たせたら颯爽《さっそう》と小舟を走らせるだろう信頼感もある。

いつかグレアムにも、二人きりの時間を楽しみたい相手ができるといいのだが。

「あとはそうだな……吊床《つりどこ》、だったか？　この辺りは気温もちょうどいいから、春から夏にかけては昼寝や休憩《きゅうけい》に貸出せばいいと思うぞ」

「ああ、ハンモックだね！　さすがはグレアム殿、良い案だ！」

グレアムの提案に、ソニアもパッと目を輝かせる。

ハンモックは立木の間に布や網を張って使う寝具らしく、船の中でもベッド代わりに使われたりするそうだ。

リネットは使ったことがないものの、聞いているだけでもとても興味深い。

「ここでお昼寝できたら、絶対気持ちいいわね……」

「オレたちは土の上で寝ても気にしないが、一般的に屋外で寝るのは抵抗があるだろうしな。

野宿用の布団を貸出すよりは、特別感があったほうが観光地っぽいだろ」

「兄さんやるじゃない。なんか、どんどん楽しくなってきた！」

まだ施設も土台の段階だが、実際にこの地のすごしやすい環境を体感すれば、できそうな案は色々と出てくる。

山の豊かすぎる自然など楽しめるかどうか不安だったが、見方を少し変えれば現地に住むリネットたちでも遊べる手段はまだまだありそうだ。

「案をまとめて、アイザック君たちを驚かせよう、リネットさん！」

「はい、ソニア様！」

光り輝く大自然に見守られながら、女子会の話し合いは続いていく。

＊　＊　＊

一方で、女子会から少し離れた岸辺を歩く『男子会』のほうは、なんとも言えない空気が漂《ただよ》っていた。

リネットたちの楽しげな声がかすかに聞こえてくるが、グレアムをあちらにとられてしまったので、アイザックの耳では会話内容を判別できない。

もっとも、愛する妻が楽しそうなら、それだけでも充分なのだが。

「…………」

ちらと視線を動かすと、軍の上着をまた脱いできた軽装のレナルドと目が合う。浮かべる表情は、苦笑だ。

「いやあ、やっぱりロッドフォードは楽しいね。この空気の重さ、息苦しさ！　普通に生きているだけで訓練になる環境もなかなかないよ！」

理由は言うまでもなく、彼らと同行しているファビアンとリュカ……主に兄のせいである。

アイザックからしたら、空気は澄んでいて美味いし、気温もちょうどよくすごしやすい場所だが、魔術師にとって〝魔素のない空気〟は負荷でしかないのだろう。

ただ、口では息苦しいとか何とか言いつつ、ファビアンの表情は異常に楽しげだ。

「そんなに嫌なら、早急に国に帰ってもらって結構だが」

「ああ、怒らないで下さいよ、アイザック殿下。環境自体はとても清々《すがすが》しくて良いところだと思いますよ。緑豊かな美しい場所だ」

「世辞は不要だ。早く帰れ」

「わー辛辣《しんらつ》ー」

けらけらと笑う男にますます苛立《いらだ》ちが募《つの》る。これでアイザックどころかレナルドよりも年上だというのだから困ったものだ。

「アイザック殿下、ご迷惑をおかけして申し訳ございません」

「いや、リュカ殿下だけならば、普通に国賓として迎えたいと思うんだが。お前の兄はどうしてこうすっ飛んでいるのか」

「ええと、ここへ来るためにかなり過密な公務をこなして、睡眠時間を削り続けてきた弊害《へいがい》、でしょうか」

どこか遠い目で語るリュカに、アイザックたちも何も言えなくなる。過密な日々をすごしてきたのはこちらも同様だが、ここまで解放感で元気になっているところを見ると、無茶をしていた時間が長かったのだろう。

（そこまでして、我が国に来たいという気持ちもわからないが）

ファビアンがアイザックとリネットを気に入っていることは嫌というほど知っているが、執着される理由がいまいち理解できない。

ただ、寝不足が原因なら、今夜早く寝かせることで明日以降は少しはマシになるはずだ。

……そう信じたい。

「でも、ファビアン兄さんが高揚するのもわかる気がします。ここはこんなにも爽やかできれいな場所なのに、息をする度に〝何かが足りない〟と体が訴えかけてくるのです。僕たちは特に、日々魔素の濃い場所で研究をしていますから、なおさら過敏に感じるのでしょうね。正《まさ》しく、訓練と呼ぶに相応《ふさわ》しいかと」

「リュカもそう思うだろう？　この国の環境は、全ての魔術師が一度は体感しておくべきものなんだよ。自分たちが普段、いかに恵まれた環境で魔術を使っているのか。また、魔素のない状況において、魔術師はどう立ち回るべきなのか。絶対に勉強になるはずだ」

「でしたら、定期訓練場として協会に提案しておきましょう。まずは幹部たち全員に体験してもらって、そこから……」

常識的だと思っていたリュカも、やはり魔術師協会で幹部を務めるだけの〝魔術狂い〟ではあるようだ。あっという間に兄と意気投合し、今後の予定について熱く話し合っている。

「ここは『観光地』として事業を進めていると、忘れているなあいつら」

「まあ、いいではないですか殿下。まずは他国から人を集めることが課題ですから。避暑に遊びに来るのでも、体を鍛えに来るのでも、お客様には変わりありませんよ」

呆れて肩を落とすアイザックに、レナルドは笑いながらぽんと何かを当ててくる。視線をやれば、彼がいつも持ち歩いている用箋《ようせん》ばさみだ。

「それは？」

「屋敷で預かった企画書です。提案者は職人たちですね。今建設を進めている宿泊所の他にも、この湖により近い場所へ木造小屋を建ててはどうかということでした。確か、コテージと呼ぶのでしたか」

「ああ、小別荘か」

湖畔の別荘とは、洒落《しゃれ》ている。字面だけでもそう思えたが、レナルドから渡された企画書を見ると、実物はより良いもののようだ。

丸太を組んで建てる様式は見た目もいいし、木の風合いで心も落ち着ける。貴族の別荘と比べればだいぶ小さいが、それでも一家族が暮らすには充分な広さがありそうだ。

「もし魔術師たちが本当に訓練に来たいのなら、こういう場所に泊まってもらえば他のお客様の邪魔にもなりません。暖炉など必要な家具はもちろんついていますが、全て魔術非対応ですからね。訓練というなら、魔術の使えない自炊生活はもってこいでしょう」

「……だろうな」

ロッドフォードにとっては当たり前の生活を〝負荷〟と言われるのは面白くないが、魔術に頼り切りの連中の性根《しょうね》を叩《たた》き直すと言われれば、胸がすく思いだ。

「職人たちに感謝しなければな。これはぜひ、建設方向で作業を進めてもらおう」

「了解です」

にこにこしながら企画書をしまうレナルドに、彼も思うところがあったのだろうなと気付く。

優しげな顔立ちで、整った所作《しょさ》から『彼のほうが王子らしい』とさえ言われるレナルドだが、その実アイザックよりも血の気《け》が多い男だ。

(自国を良くしようと動いている中で、突然乱入した魔術師兄弟に、実は相当怒っているな。あいつらにも悪気はないだろうし、まあ見守っておくか)

それに、湖畔のコテージを利用できれば、兄弟が楽しく語っている訓練が可能になるのだ。

どちらの希望も叶《かな》う素晴らしい策と言える。

「あれ。なんだか楽しそうですね、アイザック殿下」

「ああ。優秀な側近《そっきん》と国民を持って、俺は幸せだと考えていた」

ようやく語り終わったファビアンにも、今度は笑みを交えて応えられる。

まだ始まったばかりの事業だが、これからどんどん忙しくなりそうだ。そんな期待に、ますます口角が上がる。

新しい緑に包まれたこの地が、より多くの人々の喜びと笑顔で溢れることを願って。

＊＊＊

それぞれ視察という名の散歩を終えて合流すると、アイザックたちのほうも盛り上がった様子で、話す口調が弾《はず》んでいた。きっとあちらでも良い案が上がったのだろう。

やはり直接見てみると、やってみたいことが色々と浮かぶものだ。

「ただいまリネット。そちらはずいぶん楽しそうだったな」

「はい！　この土地での時間をより特別なものにできるように、沢山《たくさん》案を出していただいたんです。他国のソニア様ならではの発想なども勉強になりましたよ」

「それは何よりだ」

慣れた仕草でリネットの腰を抱くアイザックは、屋敷で見た時のような疲れた表情ではなく、穏やかに微笑んでいる。

この時間でファビアンやリュカと話し合えたのなら、人員分けを提案してくれたソニアに心から感謝したいものだ。

「ああ、そうだアイザック君。さっき少しだけ聞いたのだけど、この事業についての反対活動をしている者たちがいるんだって？」

ちょうど考えていたソニアからの問いに、アイザックの表情が少し固くなる。怒っているのではなく、どう返したものか考えているような顔だ。……笑いの沸点が低いレナルドは、この時点ですでに口を押さえている。

「うん？　違うのかい？」

「いや、反対活動には違いないが、事業そのものに対してではないんだ。催事場の建設地に崩す予定の小さな洞窟《どうくつ》があるんだが、そこに手を出すことのみを反対されている」

「洞窟？　ボクのほうには、特筆するような情報は届いていないね」

首をかしげるソニアに、アイザックも黙って首肯を返す。こちらにも届いていなかったのだから、マクファーレン側が知っているはずもない話だ。

……あんな、変わった格好の青年たちが占拠している、なんて。

「正直、表現に困っている。新興宗教とでも言えばいいものか」

「うーん、ボクも宗教関係の話は、今は遠慮したいところだけれど」

彼女らしくない弱い笑みを見せるのは、先の立太子式典での騒動で、ネミリディ派と呼ばれる少々偏《かたよ》った思考の宗教と対立した経緯があるからだ。

実際には宗教自体とソニアが敵対したわけではなかったものの、ソニアにかかわったことで、かの宗教は活動を大幅に制限されている。今のところ逆恨みのような話は聞かないが、距離を置きたくなる気持ちはリネットにもわかる。

「だけど、この辺りに土着信仰があるとは知らなかったな。ロッドフォードって、無神論者が多いと聞いていたしね」

「いや、そういうものじゃないから困っているんだ。あれは一体、何なのか……」

「どうでしょう。強《し》いて言うなら、アイザック様信仰じゃないですか？」

リネットが答えると同時に、ついにレナルドが吹き出した。

事情を知らない者はビクッと肩を跳ねさせているが、知っている者たちは釣られて笑わないように必死に口を押さえている。

リネットとしては笑ってしまうほど面白いものだとまでは思えないのだが、再現度の低い真似だったことは認めざるをえない。

「俺、なのか？　確かに、俺を真似しているようには見えたが……それで洞窟を『聖なる祠《ほこら》』として大事にするのは、よくわからないな」

「え、何だいそれ、すごく興味深い話じゃないか！」

ややや嫌そうな声で話すアイザックに、ソニアの瞳が輝く。『聖なる祠』についてではなく、アイザックの真似のほうに食いついたようだ。

その声はファビアンとリュカにも届き、彼らも顔を見合わせた後、興味津々《しんしん》といった様子でこちらに近付いてくる。

「アイザック君の真似とは面白いね！　憧れの人物を真似したくなるのは古今東西共通だと思うけれど、〝剣《つるぎ》の王太子〟とはまた難度の高い相手を選んだものだ。その挑戦心にはボクも敬意を表するよ！」

「はい、本当に難度が高かったみたいです……」

ソニアは笑っているが、実際の彼らを見た感想は『微妙』の一言だ。目指す相手が素晴らしすぎるせいもあって、残念な仕上がりにしか見えない。

もっとも、あの雑さ加減では、誰を真似ても子どものお遊び以下だろうが。

「なるほど。つまり、レナルド殿の笑いが止まらないぐらいの再現度だと」

「レナルド様は笑いすぎですけどね。……否定はできません」

せめて、あののっぺり色の染髪を止めておけば、まだ見られたかもしれない。アイザックの髪に憧れる気持ちは痛いほどわかるが、現実は無情だ。高貴な色は似合う者を選ぶ。

「アイザック殿下の真似かあ。反対活動ということなら、僕たちも策を講じようかと思いましたが、意外と愉快なことになっているのでしょうか」

「俺はちっとも愉快じゃないぞ」

にこにこしながら会話に入ってきたファビアンに、アイザックはため息を交えながら答える。

彼らの姿に対して、一番困っているのはアイザックだろう。

それも、真似自体は罪と呼ぶような事柄ではないので、止めるに止められない。

「まあ、若者ばかりの集まりのように見えたからな。政治的な抵抗ではなく、反抗期の延長のようなものだと思ってはいるが……」

そこまで口にしたアイザックは、一度目を閉じた後、

「――魔術的な何かが、かかわっている可能性はある」

「おや」

どこか躊躇《ためら》いつつも、落ち着いた声でそう告げた。

(そういえばそうだったわ！)

彼らの様相があまりにも衝撃的でそちらばかり印象に残っているが、謎の黒い壁によって遮《さえぎ》られたのも事実だ。

魔術、という単語が出た途端、兄弟の表情に好戦的な色が混じった。

「ここは犯罪者が潜伏していた土地ですからね……」

「もしやつらが何か残しているのなら、それを調査して、解明するのも我々魔術師協会の務め

です。よければ、その場所へ案内していただけませんか?」

一瞬で別人のような凛々《りり》しさを得た二人に、アイザックは「そこまで大変なものではない」と一応断りを入れる。

もしわかりやすい魔導具やそれに準ずるものがあるなら、最初の訪問でアイザックが断言できたはずだ。だが、彼は自信がないと曖昧に濁している。

「期待されても悪いが、魔術と断言するにはかなり弱い。だが、専門家たちにも見てもらえたら助かるな。いずれにしろ、反対活動は止めてもらう必要がある」

「そんなに気遣っていただかなくても大丈夫ですよ、アイザック殿下。魔術じゃなかったとしても、別に僕たちキレたりしませんって」

「そんな理由でキレられても困る」

〝魔術狂い〟を自称する彼らに言われても説得力はないが、専門家に見てもらえるのは確かにありがたい。アイザックも魔術に関しては天賦《てんぶ》の才を持っているが、知識量の面で見れば、魔術大国出身の彼らのほうが明らかに上だ。

「じゃあ、視察はここで終わりにして、ボクたちもその洞窟とやらに向かえばいいのかな?」

「そうですね。マクファーレンの王太子であるソニア様も来て下さったら、さすがに彼らも変な態度はとらないと思います」

「おっと。それはつまり、他国にまでボクの美しさが知れ渡っているということかい? ふふ、やはりボクは罪な存在だね……！」

辺境の村に知られている情報といったら、恐らく名前だけだとは思うが、それをわざわざ伝える必要もない。

それに、溌剌《はつらつ》とした様子でポーズを決めるソニアが一緒なら、変わった格好の彼らもきっとこちらの話を聞いてくれるはずだ。……勢いに飲まれるともいうが。

ともあれ、もう一度見に行こうということで一同は移動を始めるのだが――これに待ったをかける人物が一人いた。

「……レナルド様？」

「はー……す、すみません。待って下さい」

意外にも、その人物は仕事の鬼でもあるレナルドだ。ずいぶん笑っていたのか、彼にしては珍しく肩で息をしている。

「笑いすぎだろう、お前」

「わかっていますけど、ツボに入ると長くて……ぷ、ははっ」

呆れるアイザックに返す声には、なおも息の音が多く混じっている。現在進行形で笑いが治まっていないようだ。

「こんな状態なので、不本意ですが……ふふ、私は欠席させて下さい。せめて思い出し笑いをしなくなったら、同行いたしますので」

「それが賢明だな」

話が終わるや否《いな》や、レナルドは顔を背《そむ》けてまた笑っている。あの雑な真似っこたちは、よほど彼のツボに入ったらしい。

「大丈夫だと思いますよ。正直、アイザック殿下が一人いるだけで過剰戦力ですからね」

ファビアンが笑いながら茶化す声に、アイザックはますます嫌そうに眉を顰《ひそ》める。

だが彼の言う通り、武装集団が相手ならまだしも、ただの村人の集まりに対してならアイザック一人で過剰戦力だ。グレアム一人でも過剰だろう。

「武力制圧に行くわけじゃないんですけどね……」

あくまで彼らには話を聞きに行くだけだ。なので、戦力云々《うんぬん》で考えなくても、レナルドが一人欠けたところで問題は全くない。

「まあ、今後どうなるかわからない以上、できるだけ早く耐性はつけるように」

レナルドは無言でこくこくと頷《うなず》くと、屋敷への道を一人駆けていった。……笑いの耐性なんてどうつけるのかわからないが、せめて視察が全て終わるまでに彼が落ち着くことを願うばかりだ。


そんなわけで、レナルドを除いた一行は湖畔からまたしばらく歩き、催事場の建設現場までやってきた。周囲には人気《ひとけ》がなく、作業も途中で止められたままだ。

これは職人たちが、宿泊所の建設を優先しているためとのこと。例の青年たちの反対活動をどうにかできれば、すぐにでも再開できると聞いている。

閑散《かんさん》とした現場をすぎて短い坂道を降りれば、その先が問題の洞窟の入口なのだが。

「あれ？」

青年たちが守っていたそこには、今回は誰もいなかった。粗雑な縄で囲われた岩穴は、無造作にかぱりと口を開けている。

「少し遅い昼休憩中、かな？」

「言われてみれば、そんな時間ですね」

ソニアの呟きに、妙に納得してしまった。

彼らはきっとただの村人で、食事や睡眠が必要なのだ。そして、常に見張りを立てられるほどの人数がいない。

「これは、小規模な集まりで確定でしょうか？」

「だな。例の『聖なる祠』とやらを覗《のぞ》いてみたかったし、人がいないのはちょうどいい」

アイザックは軽く周囲を見回した後、躊躇いなく進んでいく。もし外に何かあったとしても、近くで『梟』が警戒してくれているはずだ。

「アイザック様、先頭は私に行かせて下さい」

「……そうだな。俺がすぐ傍《そば》にいるが、気をつけてくれ」

リネットも一周眺めた後に、アイザックの隣に並ぶ。視界不良の場所で夜目《よめ》が利《き》くリネットが先陣を切るのも、もうすっかり慣れたやりとりだ。

（あれ？　思ったよりも深い洞窟かも……）

入口から数歩も進めば、光源の一切ない闇が広がっている。明かり用の蝋燭《ろうそく》などがいくつか足元に置かれているが、今はどれにも火が入っていない。恐らくは、こんな備品さえ節約しなければならない懐《ふところ》状況なのだ。

（裕福なわけでもなければ、人数も心許《こころもと》ない。そんな状態で反対活動なんてするとしたら……やっぱり理由は信仰心かしら）

今のリネットが思いつくとしたら、それぐらいしか理由がない。

何故なら、この事業は王太子夫妻主導で、隣国マクファーレンからも協力を得ていることを村には伝えてあるからだ。

リネットはともかく、国中でもっとも有名といっても過言ではない〝剣の王太子〟の邪魔をしようなんて考えは、そうそう抱《いだ》かないだろう。

ここを『聖なる祠』なんて呼んでいるのも、宗教色が濃い。

（一番手っ取り早いのは、ここの祠に祀《まつ》られている何かを移動することなんだけど。洞窟そのものに執着してたら難しいわね）

そうこう考えながらてくてく進んでいくと、進行方向にかすかに何かが映った。

自然物ではなく、明らかに人の手が入った箱か段のような何か。だが、リネットの目をもってしても、それが何かはよくわからない。

「石を積み重ねてる？　上に何か載ってるような……」

「リネット、止まれ」

正体を掴《つか》もうと、リネットが目を凝らした瞬間だった。

「……っ」

「えっ、兄さん⁉」

アイザックの制止にふり返れば、グレアムが苦しそうに胸を押さえている。すぐ隣に立つミーナも同様で、彼女の肩をソニアが支えてくれていた。

「二人とも、どうして……⁉」

「んー、やっぱり魔術か……いや、厳密には違うかな。形跡というか、残滓《ざんし》というか……アイザック殿下が断言しなかった理由はわかったよ」

動揺するリネットに、冷静な声で答えたのはファビアンだ。彼らはほとんど視認できていないだろうが、眼鏡越しの瞳は真剣に奥を見据えている。

「そっか、二人とも魔術への耐性が低いから、具合が……」

「そのようだな。しかし残滓とは、的確な表現だ。さすが専門家だな」

「でしょう？　まあ、『梟』のお兄さんたちの具合もよくなさそうだし、一旦外に出ましょうか。僕たちもこう暗くては、ほとんど見えませんしね」

ひょいと肩をすくめたファビアンは、すぐに踵《きびす》を返す。ミーナはそのままソニアが、グレアムはリュカが肩を支えて、それぞれファビアンの後に続く。

「リネット、俺たちも」

「はい。……あ」

アイザックがリネットに代わって殿《しんがり》につき、二人も洞窟を出ようとしたところで、奥から慌《あわ》ただしい足音が聞こえてきた。

「休憩が終わったんでしょうか？」

「それか、普通に気付かれたかだな。急ごう。立ち入ったことを話すにしても、明るい場所のほうがいい」

近付いてくる足音に追い立てられるように、リネットも大急ぎで駆け出す。それほど早く進んでいなかったこともあって、外に出るのはあっという間だった。

苦しそうだった二人も、外の空気にほっとした様子で息を吐いている。症状が長く続かないということは、今魔術が使われていたわけではなさそうだ。

「お前たち、また来たのか！」

安堵《あんど》したのも束の間、背後から追いついた怒声が響く。

確認すると、一度目に見張りをしていた全身黒ずくめの青年が二人と、代表だと名乗ったアンガスがこちらを睨《にら》んでいる。
彼らの姿……主にアンガスを見た魔術師兄弟の口から「うわあ」と短い声が落ちた。
「なるほどなるほど、キミがアイザック君の真似っこだね！　うん、なかなか頑張っている
じゃないか。その画材で均等に塗ったような髪も個性的だね！」
一方でソニアは、〝努力は買う〟とばかりに彼に拍手を送っている。彼女としては好意的な
反応なのだろうが、その眩《まばゆ》いほどの笑顔は逆効果かもしれない。
「真似っことは失礼だな！　アンガスさんはそんなんじゃない!!」
「そうだぞ！　これは『聖なる祠』に選ばれた者の証《あかし》なんだからな!!」
子犬のように吠《ほ》える青年たちに、ソニアはまた柔らかな微笑みを返す。本人は可愛《かわい》いと思っ
て向けているのだろうが、思春期の青年には悪手《あくしゅ》な気がしなくもない。
さておき、青年たちの発言にリネットはひっかかりを覚える。祠に選ばれた、という言葉だ。
(祠に意思があるってこと？)
もしくは、そこに祀られている者が、アンガスたちを選んだのか。神という存在がいまいち
希薄なロッドフォードでは、彼らの発言には違和感しかない。
ましてや、この奇抜な髪色を〝証〟とするような神など、王太子妃教育の中でも聞いたこと
がない。
「お前たち、いちいち言わなくていい。どうせ、わからないやつには……わからない話、だ」

リネットが考えている間に、アンガスが二人の腕を掴んで、自分の後ろへと下がらせた。

続けて、リネットとグレアムをじっと見た後、ふいっと顔を背ける。

（な、何？）

何故肝心のアイザックではなく、自分たち兄妹を注視したのか。

質問を投げる間もなく、アンガスはさっさと洞窟の中へ戻ってしまい——入口には最初の時同様の真っ黒な壁が立ち塞《ふさ》がっていた。彼とのやりとりは、謎だらけだ。

「あーこれか。確かに断言できないね。めちゃくちゃ力が弱いや。けど、一応魔術だよ」

青年たちの姿が見えなくなると、即座にファビアンが黒い壁に近付いて呟く。自称魔術狂いの行動力に驚いたが、専門家はしっかりと答えを出していた。

「一応、魔術か」

「ええ、一応です。術式とかそういうものは組まれていません。強いて言うなら、魔素を集めて置いただけ、ってところですね。我が国でも、素質のある乳飲《ちの》み子《ご》がこういうものを作っているのを見たことがありますよ」

「乳飲み子ときたか。その程度のものじゃ、俺にはわからないな」

アイザックは納得したように目を伏せている。天才と謳《うた》われる彼でも、赤ん坊が作るようなものを判別できないのは仕方ない。

「でもまあ、『梟』さんたちが具合を悪くしちゃった通り、魔素がありますね、ここ」

「やっぱりそうですか」

ひらりと片手を広げたファビアンに、グレアムが疲れたように応える。彼は一度目の訪問の際にも反応していたので、先に感じとってはいたのだろう。

わかっていてなお、レナルドのように傍を離れなかったのは意地か、はたまた原因を解明するためか。

「ここにある魔素、質が悪い気がするんですよ。王城の地下のやつのほうがはるかに濃いんですけど、ここのは悪酔いする安い酒みたいな感じで、もう気持ち悪くて」

「ああ、それは僕も感じました。長い間篭《こ》もってた空気みたいですよね」

うえ、と舌を出したグレアムに、リュカが同意するように頷く。

魔素が平気なリネットには全くわからないが、敏感な者にはそういう差異までわかるらしい。

「でも、王城の地下に蓄えられた魔素って、それこそ何百年ものよね？」

「保存状態によるんじゃないか。オレは詳《くわ》しくわからないが、ちゃんと管理されていたワインと、ただ時間だけが経《た》って腐ったそれの違いみたいな感じだ」

自分で言って気持ち悪くなったのか、美少女然とした顔を嫌そうにしかめる。もしグレアムの感じたことが本当なら、ここにあるものは〝良くないもの〟で確定だろう。

「とりあえず、一度屋敷に戻って側近さんにも話しましょう。ここで待っていても、もう中には入れてくれないでしょうしね。お兄さんたちも、横になったほうがいいですよ」

んーっと両手を伸ばしたファビアンは、弾んだ歩調でさっさと先頭を進んでいく。機嫌《きげん》がよさそうに見えるのは、ほんのささいな痕跡であっても、魔術絡《がら》みのものがあったのが嬉しかったようだ。

他の皆も彼に続くように、来たばかりの道を引き返していく。

「それにしても、あの真似っこ君の髪色は不思議だったね。どんな染髪料を使ったら、あんなに均一な色になるんだろう。リネットさんは知っているかい？」

ふと、近付いてきたソニアが不思議そうに訊ねる。

「ソニア様もご存じないんですか。てっきり、マクファーレンの薬かと思ったんですが」

「いやいや、我が国ではあんなベタ塗りしたような染髪はできないよ。ということは、ロッドフォードのものでもないんだね」

「はい。我が国では、赤い髪は王家の方の色ですから」

「あ、確かに」

リネットの隣のアイザックを見て、ソニアも小さく頷く。王太子である彼女は、現国王と王弟、それにマテウスなど、この国の王家のみが受け継ぐ赤髪を当然知っている。

「じゃあ本当に、『聖なる祠』の神様とやらが染めたんでしょうか？」

「どうだろう。質の良くない魔素や、弱いけれど魔術が使われているって辺り、あまり穏やかな話ではないかもしれないね。ま、キミにはボクがついているよ、ハニー」

苦笑を浮かべつつも、ソニアはリネットを励ますようにぽんと背中を撫でてくれる。同じ女性ながら、自分よりもほんの少しだけ大きな手のひらに、不安な気持ちが和《やわ》らいだ気がした。

「俺としては、あの髪は早くなんとかして欲しいけどな。あんなのっぺりしたものを誇られていたら、いつまで経ってもレナルドを連れてこられない。鬘《かつら》のほうがずっとマシだ」

「オレは衣装も気に入りませんよ。なんですかあの雑な作りは。後から悔やむとわかってはいますけど、変装舐《な》めてるのかって腹が立ってきます」

「あー……」

アイザックからは、魔術云々よりも切実そうな呟きが落ちて、リネットとソニアの返す声が重なる。

同じく、まさに女装真っ最中のグレアムは、雑な服装が我慢ならないようだ。装《よそお》いはもちろん、所作まで極めた彼なら当然の怒りである。

幸い、レナルド以外の者は笑いのツボに入ってしまうようなことはなさそうなので、彼を除いた組み合わせで話し合うことも可能だろうが。

「……ぶっ、ふふ……はは」

「こら、リュカ。笑うんじゃない。僕も一生懸命説明しながら耐えてたんだよ」

「す、すみませ……予想以上にすごかったなって……ふははっ」

「…………」

どうやら完全に無事ではなさそうなので、説得人員は要相談になりそうだ。
爽やかで心地よい山の空気に、堪《こら》えきれない笑い声がしばらく響いていた。

4章　夫婦のひとときと祠の正体

「おや、おかえりなさい。ずいぶん早かったですね」

　リネットたちが屋敷へ戻《もど》ると、留守番だったレナルドは村の職人たちと話し合いをしている最中だった。

　慌《あわ》てて立ち上がる職人たちに、アイザックが「楽にしろ」と答える。どうやら留守番の間にも、打合せを進めてくれていたようだ。

　食堂のテーブルに広げられているのは設計図や予算表などで、細かい文字がびっしりと書き込まれている。こういう姿を見ると、レナルドが軍人だということを忘れてしまいそうだ。

（実際に、文官でも通るぐらい頭の良い方なのよね。美貌の筆頭貴族跡取りで、剣も強くて、非の打ちどころがなさそうなのに）

　笑いが止まらなくて職務から外れていたなんて、誰に聞いても冗談だと思うだろう。

「この早さで戻ってきたということは、例の……ふっふふ、し、失礼。反対派の方は不在でしたか？」

……まあ、実際にこの通りなのだが。

「お前まだ笑ってるのか」

「むしろ、どうして殿下は平気なのですか……っく、ふふ、貴方《あなた》の、真似なのに……ふはっ、すみません」

レナルドもなんとか堪《こら》えようとしているが、口端《くちは》からは息がこぼれ続け、手で口を押さえても治まらない。笑いの沸点が低すぎるのも、別の意味で大変らしい。

「まったく……やつらはいるにはいたが、話はできなかった。わかったこともいくつかあるが、共有はお前が落ち着いてからだな」

ため息をつくアイザックに、レナルドは返事とばかりにまた笑い出す。厨房《ちゅうぼう》の奥から聞こえてくる音と相まって、なんとも穏やかな光景だ。

（あちらはお茶の準備をしてくれているのかな）

現実逃避気味に耳を澄《す》ませると、響いてくる音が一生懸命で微笑《ほほえ》ましい。思い出し笑いと協奏させるのが申し訳ないぐらいだ。

「あの……もしや、アンガスたちが貴方様にご迷惑をおかけしてしまったのでしょうか」

会話が終わるのを見計らったのか、畏縮《いしゅく》した様子の職人たちがアイザックに話しかけた。よく日に焼けた肌は緊張のあまり血の気《け》を失って、土のようになっている。

「ん？　迷惑ということはないぞ。俺としても、どう答えたものか悩むのだが……そうだな。

何度も聞いて悪いが、あの洞窟《どうくつ》には本当に何の曰《いわ》くもないんだな？」

「も、もちろんでございます！」

頭をふり乱すように頷《うなず》く職人たちは、当然嘘《うそ》をついているようには見えない。そもそもの話、本当に曰くつきの祠《ほこら》だったら、土地を指定した時点でもっと大きな反対運動があるはずだ。

「グレアム、『梟《ふくろう》』たちは何か言っていたか？」

「何もないですよ。全っ然、全く問題がないです、あの洞窟」

アイザックが視線を動かすと、やや大げさにグレアムも首を横にふった。屋敷に来てから指示を出していたのは、これを調べさせていたようだ。

「例の捕まった魔術師が何かしていた痕跡もなかったです。一応、あの面白集団のことも調べさせましたが、彼らと同じ建設関係の職人見習いですよ。家族にも魔術に携《たずさ》わるような者はもちろんいませんでした」

「だろうな」

わかりきった返答に、アイザックは顎《あご》を撫《な》でる。

実際に目にしている以上、あの洞窟には魔術にかかわる何かがあるはずなのだが、今のところそれが何なのかさっぱりわからない。

黒揃《ぞろ》いの謎の服装も、証《あかし》だと言った赤い染髪も、全てが意味不明だ。

「やはり、祠とやらを見てみないことにはな。なるべく無理強《じ》いはしたくないが、強引にでも押し入って確認するしかないか」

「で、でしたら王太子殿下、自分にお任せ下さいませんか！」

残念そうにアイザックが答えを出すと同時に、立ったままの職人の一人がバッと勢いよく手を挙げた。

「アンガスはうちの見習いです。頭領も連れて、洞窟の中を調べられるように話をつけて参ります。今度こそ、殴り倒してでも！」

そう力強く宣言した職人は、素早く頭を下げると駆け出していってしまった。暴力的なのは気になるが、職場の上司が出てくるなら彼らも従ってくれるかもしれない。

（天上人みたいなアイザック様のことを、本物だと信じられない気持ちはわかるけど。いつも顔を合わせている相手の言うことなら聞いてくれるといいな）

駆けていった一人をポカンと見送った残りの職人たちも、我に返ると後を追うように屋敷から去っていった。

「お茶のご用意ができました……あ、あれ？」

入れ違いに厨房から出てきた女性は、急に人が減った食堂に目を瞬《またた》く。この村の人々は良い者ばかりだが、行動力がありすぎるのが玉に瑕《きず》である。

「ありがとうございます。いただいてもいいですか？」

「は、はい、王太子妃殿下！　あの、村の者がいたと思ったのですが」

リネットが声をかけると、茶器に触らない程度に礼をした後に、不安そうに呟《つぶや》く。王都でも滅多《めった》に揃わない錚々《そうそう》たる面子《メンツ》だ。緊張する気持ちはわかる。

「あっまさか！　何か失礼を……!?」

「いえ、職人さんたちは迅速《じんそく》な行動をしてくれただけです。安心して下さい」

リネットが柔らかく伝えれば、明らかにほっとした様子で用意を始める。

アンガスたちのような失礼さでも困るが、畏縮されっぱなしでもやりにくいので加減が難しいところだ。

ほどなくして、笑いが治まったレナルドも含めた全員が食堂の席に腰を下ろした。お茶請《う》けに用意されたのは焼き菓子と木苺《きいちご》のジャムで、こちらは隣村の特産品らしい。

「さて、ようやくこいつが落ち着いたから始めるか。あの洞窟には質の悪い魔素があり、稚拙《ちせつ》ながらも魔術らしきものが発動できる、で合っているか？」

まずアイザックから話が切り出されると、ファビアンとリュカの兄弟がしっかりと頷いて答える。現場にいなかったレナルドも予想はしていたのか、さして驚いた様子もなくお馴染《なじみ》の用箋《ようせん》ばさみを取り出した。

「もっと大きなものを持ってくればよかったですね。こちら、ご確認下さい」

そこから折り畳んだ紙を出し、テーブルに広げていく。リネットも見慣れたロッドフォードの地図だ。

「私たちがいるコナハンがここ。で、燃料石の鉱脈がこう流れています」

続けて、小さな木炭を持って地図に直接書き込みを入れていく。真っ黒な軌跡が見やすく刻まれるが、それはリネットたちの予想とは違う形を描いていた。

「……鉱脈は、コナハンまで届いていないのか」

レナルドの引いた線は、コナハンの地から逸《そ》れた場所で途切れていた。

この地下を通る燃料石――魔素を吸収する特別な石――の鉱脈こそ、魔素のない国ロッドフォードのからくりだ。

王都に近付くほどそれは太くなり、城下には巨大な洞窟が存在することは、リュカ以外の全員が実際に見て知っている。何せ、もう片方の隣国ヘンシャルの土地にまで及んだ大きな騒動だった。

当時ミーナは侍女ではなかったが、『梟』として現場にいたらしい。また、いなかったリュカもファビアンから話は聞いているだろう。

とにかく、ロッドフォードの魔素はこの鉱脈に吸収されるように〝仕組まれて〟いるので、地上では魔術を使うことができない。使いたい時は、今回訪問している魔術師二人のように、燃料石をあらかじめ用意しておく必要があるのだ。

「だとしたら、洞窟にあった質の悪い魔素は、鉱脈に吸収されなかった残りなのか？」

「それは違うと思いますよ」

アイザックの問いに、任せてとばかりにファビアンが上半身を乗り出してくる。すぐにリュカが引っ張って戻したが、やはり兄のほうが魔術の話題には敏感なようだ。

「もし鉱脈の位置的な問題なら、コナハンにいればどこでも魔素を感じられるはずです。ですが、少なくとも今、この屋敷の周辺に魔素はありません」

「僕も兄さんと同意見です。先ほどもお伝えしましたが、湖畔《こはん》にも全くありませんでした」

「ああ、確かに言っていたな」

兄に続いて弟も補足し、アイザックとレナルドも彼らを肯定する。魔術と共に生きている彼らなら、誰よりも正確に感じられるはずだ。

「ボクは対策をしっかりしているせいもあるけれど、いつも通りのロッドフォードの美味《おい》しい空気だと思ったよ」

魔素や魔術には否応《いやおう》なく敏感になってしまう〝魔術不耐症〟を患《わずら》っているソニアも、ぐっと力こぶを作るようなポーズで元気だと表してくれる。

「対策ということは、例のお薬を飲んでこられたんですね」

「あれはボクの命綱だからね！　それと念のため、前にもらった魔導具も身に着けてるから完《かん》璧《ぺき》だよ。任せてくれ、ハニー」

（だから洞窟でも平気そうだったんだ）

満面の笑みを返してくれるソニアに、場が穏やかな雰囲気になる。

彼女が常用している薬は、ファビアンが調合し、アイザックとマテウスが手を加えた魔術不耐症用の特別なものだ。

症状を抑えると同時に、体質そのものの改善も兼ねており、魔術が身近なマクファーレンでソニアが暮らすための必需品である。

同様に、彼女が持っている魔導具は、もとはアイザックのためにファビアンが作ったものを改良した品だ。小型のピンの中には、全ての魔術を無効化する力が込められている。

正《まさ》にこの屋敷に隠れていた魔術師たちをおびき出すために開いた夜会で、〝リネットの体質の代わり〟として使われた一品だ。

「兄さんとミーナも同じ？」

「ああ。魔素を感じたのは、洞窟内でだけだな」

「私もです。外まで出れば、もう何も感じませんでした」

ソニアの不耐症とはまた違うが、魔術に対しての耐性が低い『梟』の二人もはっきりと首肯《しゅこう》している。やはり、魔素はあの洞窟にだけある、で確定だろう。

そもそもコナハンの地に魔素があったのなら、潜伏魔術師たちはもっと沢山《たくさん》ここに集まっていたはずだ。自分の特技が使えるか否《いな》かで、安全性は格段に変わるのだから。

燃料石に困っていないなら関係ないが、あれは宝石と同等の扱いをされる高級品だ。いくら金銭的に豊かな彼らでも、ファビアンやリュカのような量を持ち込めるとは考えにくい。

「じゃあ、王城の地下みたいに、あの洞窟が燃料石でできているとか？」

「それはないかな。鉱脈は飛び地みたいにできるものではないからね。別口で燃料石を持ち込んだと考えるほうが自然だと思うよ」

「持ち込んだ？　ここにいた魔術師が洞窟に隠してたってことですか？」

「それも考えにくいかな。この国で魔術師が暮らすなら、燃料石は生命線だ。僕が彼らの立場なら、すぐに取り出せる身近なところに置くよ。誰でも入れる洞窟は避けるね」

リネットの質問に、ファビアンはさくさくと答えていく。言われてみれば、大事な宝を誰が入ってくるかわからない洞窟に隠すのは変な話だ。

「では、隠したのではなく、捨てた可能性は？　中の魔素の質が悪い不良石だったなら」

「いえ、それも難しいと思います」

今度はアイザックの質問にリュカが答える。

「燃料石には宝石としての価値もあるので、売れます。中の魔素を使い切った後でも、です。潜伏魔術師たちが裕福だったとしても、捨てることはないかと」

「では、燃料石から魔素が漏《も》れている説そのものがハズレか」

「そう言い切れないので、僕もお答えできなくて困ってます」

額《ひたい》を押さえるリュカを見て、詳《くわ》しくないリネットたちの頭には、疑問符がどんどん浮かんでくる。

コナハンに魔素はない。洞窟にだけあったのは、燃料石があるから。でも、魔術師が置いていったとは考えにくい。

「……あの、オレは嫌な予想が浮かんだんですけど、両殿下もそうですか？」

ふいに、グレアムの顔が呆《あき》れたように歪《ゆが》んだ。

応える兄弟王子は、よく似た緑眼を見合わせてから、苦笑を浮かべる。どうやら、アイザックとレナルドも同じことに気付いたようだ。

「兄さん、私は全然わかんないんだけど、教えてくれる？」

「ボクもだ。聞いてもいいかい？」

リネットが降参とばかりに両手を小さく挙げると、続くようにソニアも片手を挙げる。

わかっている面々は、どこか眩《まぶ》しそうな目でこちらを見ていた。

「二人は心根が純粋なんだろうな。洞窟に魔素がある理由は――盗まれた燃料石があるかもしれないってことだよ」

「ああ……！」

残念そうに言い切ったグレアムに、リネットとソニアもようやく察した。つい先ほどリュカが『魔素が入ってなくても売れる』と言ったばかりだ。

「え、じゃあ、あの人たちが洞窟に立て篭《こ》もってる本当の理由は……！」

「実は泥棒で、あそこに隠れてるって説ができるな。燃料石としての価値は知らなくても、宝石が高価なことは誰でもわかる。あの洞窟をこっそり隠し倉庫に使ってて、そこが壊されることになったから焦《あせ》って立て篭もった……かもな」

「ええ!?」

思いもよらぬ話に、リネットは目を瞬く。彼らが泥棒だとは、さすがに思えない。

「ま、あくまで『魔素が何故《なぜ》あるのか』視点から考えた仮説だ」

「それならいいけど……」

思わず手を合わせて、ぎゅっと胸元で握り込む。その手の上に、大きな手のひらがそっとかぶせられた。

「アイザック様」

「リネットは、あいつらを泥棒だと思いたくないんだな」

「それはそうですよ！」

問いかけにも、リネットはしっかりと頷いて返す。

彼らに良い感情は持てないが、同じ村の皆が良い観光地を作ろうと協力してくれているのだ。共に暮らしていた彼らのことも、最初から疑いたくはない。

「責任ある立場に選ばれた以上、勝手に決めつけて対峙《たいじ》するようなことはしたくないです。それに、彼らが泥棒で、盗品を隠すのが理由だとしたら、アイザック様の真似っこをする必要はないじゃないですか！」

「ぶふっ！」

リネットの考えを真剣に伝えた直後、またしても亜麻色《あまいろ》の髪の美丈夫《びじょうふ》から勢いよく吹き出す音が聞こえた。

「…………」

真面目《まじめ》な空気が満ちていた食堂は、一気に白けてしまう。

「……もうダメだな、こいつ」

「す、すみませ……ははは！　ツボに入ると本当に長引くんですって！」

テーブルに顔を突っ伏して震えるレナルドは、本気で笑っている。洞窟の彼らも、まさか『自分たちの姿』という同じネタでここまで笑ってくれる人がいるとは思わないだろう。

戻ってくる時は笑っていたファビアンとリュカも、「ここまでは笑えません」といった感じで若干《じゃっかん》引いている。常識を放り投げる魔術狂いにまで引かれるとは、レナルドの沸点の低さは相当だ。

「側近《そっきん》殿みたいに笑ってくれる人が観客にいたら、喜劇の演者たちは自信がつくだろうね。よかったら今度、ボクの国の大劇場に招待しようじゃないか！　息ができなくなるぐらい笑える演目をキミのために用意しよう！」

「本気で笑い死ぬ気がするからやめてやってくれ」

逆にソニアは、レナルドの笑いっぷりを長所として受け取っているようだ。彼女自身も言動が演者風な上に超前向き思考なので、存外気が合うかもしれない。

(まあ、ギスギスしてるよりはいいか)

何にしても、職人たちが先に行ってしまったので、今は戻るのを待つしかない。リネットたちが動いたら、彼らの面目を潰すことになってしまう。

(厳密には、頼む前に行っちゃったから無視してもいいんだけど。あの人たちに熱意があるのは確かだものね)

慌《あわ》ただしい姿を思い出して苦笑しつつ、手つかずだったお茶請けをそっと口に運ぶ。

「あ、美味しい……」

しっとりとした食感の生地と木苺の甘酸っぱさが絶妙に合い、口の中に幸せが広がっていく。

王城で出してもらえる繊細なお菓子ももちろん素晴らしいが、素朴ながらも手間をかけて焼いてくれたのがよくわかる味に、頬《ほお》がゆるゆるになってしまった。

どんな時でも、美味しいものは大正義だ。そして今のところ、コナハンで食べたものは全て美味しい。

(これは、食の部分は勝利が約束されたわね!)

リネットに釣られたのか、他の皆もお茶請けを口にしては驚きと喜びの表情を浮かべている。

唯一、まだ笑ったままのレナルドは飲食できていないが、もうしばらく放っておけば大丈夫だろう、多分。

そんな流れで、皆がのんびりとした空気になって少し経《た》った頃。

ふいに、グレアムとミーナが同じ方向を見て動きを止めた。

リネットもこうした姿は度々《たびたび》見ているので、なんとなくわかる。リネットの良すぎる視力をもってしても見つからない『梟』の一員が傍《そば》にいるのだ。

（口の動きを見てもわからないってことは、暗号か何かで喋《しゃべ》っているのね）

同じアディンセル家の子でありながら、嫁《とつ》ぐ娘として育ったリネットは、家業である『梟』について知っていることが少ない。当然、彼らが使う暗号も欠片《かけら》も知らないので、兄たちが『梟』として動いている時は寂しさを感じることもある。

もっとも、外国語一つ覚えるのも苦戦している有様では、元暗殺者の暗号など覚えられる自信はないのだが。

「リネット様」

しばし待って、先にこちらに戻ってきたのは、ミーナのほうだった。

優しげな顔に笑みを乗せると、お仕着せとは違うスカートの裾《すそ》をとって、ふわりと礼をする。

「『梟』のお仕事？　それとも、私に何か？」

「そうですね、どちらもでしょうか」

手を頬に添えて、少しだけ首をかしげる彼女は、いつもと少し違うように見える。装《よそお》いが違うのもあるが、恐らくは専属侍女としてではなく、幼馴染のミーナとして話しかけているのだろう。

そして彼女のハシバミ色の瞳は、リネットの隣に座るアイザックのほうにも向けられる。

「せっかくですので、今度はお二人で湖に散歩に行ってみるのはいかがでしょう？　護衛につきましては、我ら『梟』が決してお邪魔をしない位置にて控《ひか》えておりますので」

「湖に？」

繰り返して訊《たず》ねると、ミーナはますます笑みを深める。

「実は、職人の皆様がもう少し時間を要するとの報告でした。こちらで無為《むい》におすごしいただくよりは、お二人の時間をお楽しみいただいたほうが良いのではないかと愚考いたしまして。いかがでしょう？」

「私はアイザック様とすごしていいなら嬉《うれ》しいけど……今？」

「今、です」

有能すぎる侍女は、こういう時に困ってしまう。にこにこしているだけで考えが全く読めないが、今提案するのはどういう意図だろうか。

「『梟』として、それが必要なの？」

「というよりは、貴女《あなた》と王太子殿下が仲良くしている姿が重要なんです。それはもう、周囲に見せつける勢いで、イチャイチャしていただけると助かります」

……ますます意味がわからない。リネットとアイザックがイチャイチャする姿を見たところで、喜ぶのは多分リネットだけだ。

「いいじゃないか。楽しんでおいでよ、リネットさん！　ボクたちと歩いた時とは、また違うことを思いつくかもしれないよ！」

「ソニア様……」

ソニアはリネットたちが二人で散歩に行くことに賛成のようだ。当然、今の流れを傍《はた》から見た上での発言である。

「僕も賛成です、アイザック殿下。魔術師協会の定期合宿について、先にこっちでまとめておきたいですし。ほら、側近さんも落ち着いたし」

ソニアに続いて、ファビアンも散歩に賛成する姿勢《しせい》を見せる。定期合宿とやらはリネットにはわからないが、恐らくは先ほどの〝男子会〟で出た提案だろう。

レナルドとリュカも同様だ。急に揃った動きをされて、こちらは困ってしまう。

「……わかった。では、少し散歩をしてこよう。リネット行こうか」

「えっ!?　わ、わかりました」

一つ息をこぼしたアイザックは、そのまま席を立ち、リネットに手を差し出してくる。

愛する旦那様のお誘いを断れるはずもなく、リネットもその手をとって、並んで歩き始める。

背にかけられる優しい声が、ますます複雑な気分にさせた。

「……急にどうしたんでしょう」

屋敷の敷地を出てから訊ねると、アイザックも面白くなさそうに肩をすくめる。

「さあな。だが、おおかた『梟』の報告の中に、俺たちが屋敷にいないほうがいい話があったんだろう。俺が頼んだのは、あの洞窟に問題がないかの調査だけだしな」

「じゃあ、ミーナ以外の皆さんは、何のことかわからないのに私たちを散歩に行かせたってことですか？」

「そのほうが面白そうだと思ったんじゃないか」

王太子の扱いが雑だ、と呟くアイザックに、つい笑ってしまう。残念ながら、彼らはそういう人たちだとリネットもよく知っている。

その態度こそが、信頼の証だとも。

「まあ、いい。やつらの思惑に乗るのは癪《しゃく》だが、リネットと二人きりの時間をもらえるのなら、俺は喜んで引き受ける」

「それは私もです、アイザック様」

添えていただけの手をどちらからともなく握って、温かさを確かめる。視線を合わせれば、それだけで胸の中が満たされていく気がした。

「菓子を食べたばかりだからな。ゆっくり歩こうか」

「お腹《なか》がびっくりしちゃいますからね。ゆっくりのんびり、行きましょう！」

アイザックの長い脚が遠慮がちに進んだ小さな一歩に、リネットも合わせる。自分たちがいないほうがいいというなら、呼ばれるまでは二人きりを満喫してやろう。

そんなご褒美としか思えない時間に気分だけは逸《はや》らせながら、二人はのんびりすぎるぐらいの速さで湖に向けて歩き始めた。

＊　＊　＊

「わ……やっぱりきれいですね！」

木漏れ日の道を先ほどよりも時間をかけて進み、ようやく辿《たど》りついた湖は、水面を眩しいほどに輝かせながらリネットたちを迎え入れた。

昼とは違い、橙色《だいだいいろ》が混ざり始めた夕日もまた美しい。広い空を映す鏡のようでもある湖面は、繊細な色の変化をも鮮《あざ》やかに魅せている。

「ここは夜に見ても良さそうだな」

「いいですね！　私も見てみたいです」

遮《さえぎ》るものもほとんどない満天の星空と、それを映し出す湖面。上も下も瞬く星に囲まれるなんて、忘れられない一時になりそうだ。

「そう考えると、やっぱり小舟を浮かべる案はすごくいいかも」

「小舟？　村人から借りるのか？」

「いえ、先ほどのお散歩の時に、そういう企画案が出たんですよ」

ソニアやグレアムたちと話した『恋人用の小舟貸出し』をアイザックにも話すと、彼も紫眼《しがん》をきらきらさせながら頷いてくれる。

「それは名案だな。絶対に採用しよう。惜しむらくは、今ここに小舟がないことだが」

「そうですね。岸から見てもこれだけきれいですから、湖上からの景色は格別でしょう」

「村人に聞いてみるか。釣り用か何かで、舟を持っている者がいるかもしれない」

「釣り用の舟でイチャイチャするんですか……？」

そもそもこの湖で魚が獲れるとは聞いていないので、村に舟があるかどうかも謎だ。昼食に川魚が出たので、釣り道具のほうなら借りられるかもしれないが。

「逆に釣りのほうに重点を置く企画もありか。昼に出た魚は、上流で養殖を進めていると聞いたしな。水辺の範囲を区切って、釣り堀を設けるのも面白いかもしれない。釣果《ちょうか》が確実にあるなら、初心者も手を出したくなるだろう」

「おお……どんどん案が出てきますね！」

まだ建物自体ができあがっていない以上、夢物語のようなものだが、建設的な意見が沢山出てくるのはいい傾向だ。

（この国で観光業をするなんて、とても無理だと思っていたけど）

今は疑う気持ちもなく、完成を心待ちにしている。もちろん、まだまだ未知数ではあるが、少なくとも不安よりも期待の気持ちのほうが強い。

「……まさか私が、こんな大きなことに携われるなんて。それが一番びっくりですけどね」

「リネット……」

繋《つな》いでいた手が離れたと思えば、アイザックのたくましい腕がリネットを抱き寄せた。厚みのある体にすり寄れば、彼の体温と鼓動がじわじわとリネットに染みていく。

——かつて、伝手《つて》を必死に辿って城へ行儀《ぎょうぎ》見習いに出たものの、お掃除《そうじ》女中に左遷《させん》されてしまったリネット。

そこから縁を求めたところで、せいぜいそれなりの商家へ嫁いで終わる人生だっただろう。兄や『梟』についてもきっと知る機会は得られず、貴族社会と交わることもなく、ただ平凡に人生を終えたはずだ。

「それを言うなら、俺のほうが驚きだぞ」

目を閉じた彼から、振動で笑いが伝わってくる。

アイザックの人生もまた、リネットと出会うことで劇的に変化している。

〝剣《つるぎ》の王太子〟と謳《うた》われながらも、女性に近付くことができない〝体質〟を持っていた彼は、実の母親である王妃とすら離れて暮らしていた。

当然結婚など望めないし、勤め人たちの性別比率を考えれば、王城に長居をすることすら難しい。公務はこなしつつも表舞台にはほとんど出ず、マテウスとシャノンに子どもが生まれたらすぐにでも継承権を託して、自分は退《しりぞ》いたと思われる。場合によっては、アイザックが王座につくこともなく。

……いや、まず最初の事件であった国王生誕祭で、諸悪の根源たる魔女エルフリーデを止められたかどうかわからない。

あの女を止められなければ、アイザックはこの国から奪われていただろうし、コナハンを始め国内に潜伏していた犯罪魔術師たちも残ったままだ。

最悪の場合には、ロッドフォードという国がなくなった可能性もある。

「俺がリネットと出会っていなかったら、エルヴェシウスの魔術師協会が介入してくるのはもっと後だろうし、『梟』たちと繋がることもなかった。マクファーレンの兄妹騒動もどうなったかわからん。ソニア王女が妃《きさき》としてこの国に残ったかもしれないな。ヘンシャルの地下鉱脈や『覚《さ》め草』の犯罪者どもも、どこまで食い止められたものか。どれも全て、リネットが俺の隣にいてくれたから解決できたことだ」

長い指先がリネットの髪を撫でる。心地よさに目を閉じれば、アイザックがますます強く抱き締めた。

「だから、今回の観光事業も、絶対に成功する。思いついた案も全部成功させて、この国の良いところを余すことなく世界に見せてやろう。俺とリネットとその他大勢で、新しい楽しみと幸せを教えてやるんだ」

「その他大勢って！　他国の王太子殿下もいるのに」

「いいんだよ。責任者を追い出そうとするやつらなんて、その他で充分だ」

まあ、屋敷から出されたのは確かだ。おかげで二人きりですごせているのだから、感謝こそすれ怒る気持ちは全く湧《わ》かないけれど。

「リネット」

「あっ」

アイザックの指先がリネットの顎に触れて、応えるようにかかとをあげる。

そっと、ほんの一瞬だけの啄《ついば》むような口づけに、どちらからともなく笑ってしまった。

「小舟の貸出しを始めたら、俺たちも一度利用したいな」

アイザックの唇が、額に、瞼《まぶた》に、頬に。柔らかく口づけては離れる。

「私もぜひ乗ってみたいです。櫂《かい》を漕《こ》いだことはないんですけど」

「そこは俺の腕の見せ所だな」

リネットも負けじとアイザックに口づけようとして、先に唇を塞《ふさ》がれてしまった。

「んぅ……ちょっと」

「ははっ！」

身長差があると、こういう時に勝てなくて困る。むうと不満を示せば、また頭をすっぽりと腕の中に抱きこまれる。

「愛してるぞ、リネット」

「私もです、旦那様」

互いの匂いが染みつくぐらいに抱き締め合ってから、ゆっくりと離れて、笑う。

そうしてまた手を伸ばし合って、指を絡《から》めて繋いで。当たり前のように触れ合いを求めるのが、たまらなく嬉しい。

「それで、小舟を貸出すとして、どの辺りにしようか」

「ソニア様は、桟橋《さんばし》をこの辺りに作ってはどうか、と言ってらっしゃいましたね。景観を損《そこ》ねないように、規模はあんまり大きくない感じで」

「ああ、なるほど。それなら――」

のんびりすぎる歩調で進みながら、時折腕を組んだり、あるいは止まって抱き締めあったりと、触れ方を変えては温《ぬく》もりを確かめる。

「一つ、白い小舟が欲しいですね。使う時は花で飾って、結婚式の後に乗れるような」

「新郎新婦専用ということか？　馬車ではなく、小舟で送り出すのも楽しいかもしれないな。マテウスが櫂を漕げるかどうかは知らないが」

「そこはアイザック様が教えてあげましょうよ。マテウス様も、シャノン様のためなら全力で取り組んでくれると思いますが」

「違いない」

ゆっくり歩いていたせいか、西日がだいぶ強くなってきた。

赤い日差しが照らしだすアイザックは、美しい湖畔の景色が霞《かす》むほどに凛々《りり》しく、リネットの脳裏《のうり》に焼き付くように残る。

「……公務で視察に来ているのに、こんなに幸せでいいんでしょうか」

「いいに決まってる。リネットは念願の王太子妃だぞ？　俺たちは、仲が良すぎると笑われるぐらいでちょうどいいんだ」

「じゃあ、遠慮しないでイチャイチャしましょうか」

夏が近付いているとはいえ、時間が遅くなればなるほど気温は下がっていく。

だからそう、恋人たちや仲の良い夫婦がくっついて歩くのは、仕方ないのだ。緑豊かな自然たちが、寄り添うべしと背中を押してくるのだから。

「あっ！」

ふと、視線の端に映った赤色に、リネットは喜びの声を上げる。

「どうした？」

「あれ、見えますか？　そこの高い木になってる実です！」

リネットがぴっと指させば、アイザックもその先へ顔を動かす。

頭上を覆《おお》う木々のいくつかから、親指の先ほどの小さな赤い実が顔を覗《のぞ》かせているのだ。昼間にも同じ道を歩いたはずなのに、すっかり見落としていた。

「こんなところに木の実がなっていたのか。気付かなかったな」

「私も今気付きました。故郷の山にもあったんですが、甘酸っぱくて美味しい実なんですよ」

久々の邂逅《かいこう》に嬉しくなったリネットは、アイザックと繋いでいた手を一度離して、木の根元まで駆けよっていく。

……が、思ったよりも上背《うわぜい》がある木だったため、実のついた枝までは跳ねても届きそうになかった。

「これは……登ったらダメですよね」

「それは控えてくれると助かるな」

ドレスを着ていないとはいえ、一応今回の視察は王太子妃の肩書きを持って訪れている。国中の女性の模範となるべき立場である以上『木の実が欲しくて木登りしました』は、もし皆にバレてしまった時が恐ろしい。

「残念ですけど、今日は諦《あきら》め……」

ます、と言いかけたところで、突然リネットの目線がぐんと高くなった。

「うわわっ⁉」

慌てて両手を伸ばした先は、アイザックの首と肩で。すぐ近くに、美しい彼の笑顔がある。

「えっ、あの……⁉」

「これで届くか？」

ゆっくりと体を起こして確認してみると、リネットが座っているのはアイザックの左腕の上のようだ。――つまり、片腕で支えて抱き上げられている。

「す、すみません！　重たいですよねっ」

「いや、軽くて驚いているぞ。リネットはもう少し太るべきだな」

添えているだけの右手をひらひらさせながら、アイザックは笑みを深める。

お姫様抱っこと呼ばれる横抱きでも恥ずかしかったのに、まさか片腕だけで抱き上げられてしまうとは。彼のたくましさに驚くやらときめくやらだ。

「それで、実には届きそうか？」

「え？　あ、届きます！」

軍部でも随一の長身であるアイザックよりも上にいるのだから、もちろん高い木の枝にだって手が届く。

ぷちん、と小気味よい音を立てて枝を離れた木の実は、瑞々《みずみず》しい輝きを宿したままリネットの手の中に転がりこんだ。

懐《なつ》かしさについ嬉しくなり、二つ、三つと実を収穫していく。

「アイザック様も食べてみますか？」

「そうだな。じゃあ、いただくか」

あ、と無防備に開かれた口の中に、そっと木の実を入れてみる。以前にアイザックがリネットに食べさせてくれたことはあったが、逆の立場もなかなか新鮮で心地いい。

「ん、美味しい……」

リネットも一つ口に含むと、故郷で食べた時と同じ甘酸っぱさが口の中に広がる。甘いものなんて滅多に食べられなかった生活だ。自然の恵みである木の実は、幼いリネットにとっては究極のご褒美の一つだった。

「不思議な食感だが、悪くないな。何という木の実なんだ？」

「さあ？　名前は知らずに食べてましたね」

「……リネットらしいな」

もう一つ食べますか、と実を差し出してみると、唇が開く代わりにちゅっと音を立てて指先に口づけられる。

「っ⁉　アイザック様！」

「はは！　俺の奥さんは本当に可愛《かわい》いな」

思わず落としかけた木の実を掴《つか》み直せば、その姿すらも愛らしいとばかりに彼が声を上げて笑う。ただでさえ素敵すぎるというのに、アイザックの言動は本当に心臓に悪い。

「ときめきすぎて死んだらどうしてくれるんですか……」

「その時は全力で蘇生《そせい》するに決まってる。ことリネットにかかわることなら、俺に不可能はな

いと自負しているぞ」

「うう、格好いい……悔しい……」

アイザックの場合、本当に不可能などなさそうなところが笑えない。悔しまぎれにもういくつか木の実を摘《つ》んでから、トンと地面に跳び降りる。

十数年生きてきた視線なのに、急に背が低くなったような気がするから不思議なものだ。

「……それにしても、珍しいな」

「何がですか？」

離れたリネットをまた引き寄せたアイザックが、湖ではなく反対側の林へ視線を動かす。体はリネットに寄り添ったまま、視線だけだ。

「お前の侍女が言った通り、『梟』はどこかにいると思うが」

「すみません。私でも、彼らは視認できないです」

「そっちは気にしていないぞ。あいつらの気配のなさは他と一線を画しているし」

林を見つめる紫眼が、すっと細められて鋭《するど》さを増す。

「――『梟』以外を、俺たちの傍に近付けるのが意外だった」

「えっ⁉」

次の瞬間、アイザックの指摘に応えるように、慌ただしい足音が走り去っていった。気配を消すことが体に染みついている彼らでは、絶対にありえない動きだ。

「人間だったんですか……」

「気付いていなかったか？」

「何かいるような気はしていましたが、野生動物かなと思ってました」

アイザックも『梟』たちも動かないので、心配はないだろうと思い、リネットも放っていたのだ。まさか、覗いている人間だとは思わなかった。

「村の人、ですよね？」

「ああ。それも、洞窟にかかわりのあるやつだな。普通の村人なら、隠れる必要がない」

村の者たちはアイザックとリネットが王太子夫妻だと知っている。何が不敬になるかわからない以上、言動には常に気をつけているように感じた。

何より、彼らは視察一行があの屋敷に泊まっていることを知っているのだ。用がある時はまずそちらへ出向くし、緊急ならば『梟』たちが先に知らせてくるはずだ。

「もしかして、この木の実は採っちゃいけないやつだったでしょうか!?」

「いや、普通に道に生えているし、いいんじゃないか？」

「じゃあ、敵情視察、みたいな感じの？」

「そんな大層なものでもなさそうだが……これでリネットが誰のものなのかは、よくわかっただろうな」

誰のものも何も、『夫婦』な自分たちを間違えようがないと思うが。もしかしてアイザックは、見せつける意味も兼ねてリネットを抱き上げたりくっついたりしていたのか。

(結婚の話は国中に広まってるし、知らないはずはないと思うけど。まさか、私みたいな小娘が妻だと信じられてないとか?)

普段はちゃんとした格好をしているので軽んじられることもないが、今のリネットはどう見てもその辺の町娘だ。動きやすさを重視したことが仇《あだ》になった可能性は否めない。

(でも、ドレスで山に来てもねえ)

「そろそろ日が落ちるな。リネット、さすがに暗くなる前には帰るか」

「あ、はいっ」

ぴったりくっついていた体を離し、手を繋いで元来た道を戻る。

さすがに行きのようなゆっくりした速度では夜になってしまうので、歩調はいつもと同じぐらいだ。

「職人さんたちも、そろそろ話し終わったでしょうか」

「どうだろうな。俺たちのもとに来ていないだけで、残った連中が対応しているなら楽なんだが」

屋敷に残っているレナルドは名代《みょうだい》を務められる側近であり、また協賛するマクファーレンの王太子ソニアもいるので、彼らだけでも対処は可能だ。

意外にも何ごともなく話がついて、「明日からは催事場の工事も並行して進めます」になっている可能性もある。

（だけど……）

どうにもそうは思えなくて、つい視線を足元に向けてしまう。石畳の敷かれた村の中とは違い、湖の周りは自然そのままの土道だ。

「あいつらのことが気になるのか？」

「多少は……アイザック様は、あの人たちが泥棒だと思いますか？」

「グレアムが言ったのは、消去法で出てきた仮説だ。俺もやつらが盗んだとは思っていない。……というよりは、盗めるとは思えないな」

繋いだ手をすいっと引き寄せると、アイザックはまた優しくリネットの髪に口づける。

「潜伏魔術師どもが、簡単に生命線の燃料石を盗まれるとは思えない。屋敷に残して出ていくこともないだろう。たとえ残っていたとしても、あそこは隅々《すみずみ》まで調べられた後だからな」

「じゃあ別のところから盗んで……はないですよね」

「考えにくい話だな。それに、生誕祭の後から国中を調べているが、燃料石がただの宝石として国内に流通していたことは一度もないぞ」

つまりは、可能性としては一応認めるけど、泥棒だとは皆思っていないということだ。

思ったよりも気にしていたようで、リネットの口から安堵《あんど》の息がこぼれる。

「となると、彼らは本当に何者なんでしょうね」

「宗教か趣味かは知らないが、動機がますますわからなくなったのは確かだな。俺の真似は嫌がらせ以外の何ものでもないが」

「あはは……」

嫌いな人間の真似をするのは限られた条件でしかないと思うので、多分好意か憧れが根底にあるはずだ。しかし、レナルドの生活に支障が出るぐらい似ていないのも事実なので、彼らにはぜひ衣服と髪色を正して欲しいところだ。

「頭領さんの言うことを、聞いてくれればいいですね」

「そうだな」

なんともいえない空気を漂《ただよ》わせながら、暮れゆく空を見送る。

果たして、リネットたちが不在の間に、良い方向へ進むことはできたのか。

——その結果が、予想を大幅に裏切る形で訪れるとは、この時は知る由《よし》もない。

「おかえりなさいませ、リネット様。王太子殿下」

リネットたちが屋敷に戻ったのは、ちょうど月が空の主役に代わるのと同じぐらいだった。

入口の前にはランプを片手に持ったミーナが待っており、こちらに気付くと丁寧な所作《しょさ》で頭を下げた。

「今戻った。俺たちが外していた間、うまく話は進んだのか？」

アイザックが直球で訊ねると、ミーナの細い眉がへにゃりと下がる。

「貴方様がたの不在自体が狙いだったわけではありませんので。うまくいったかどうかは、今後の彼らの動きを見てみないとわかりませんね」

「ほう？　ということは、まだ報告はなしか」

「残念ながら」

頭を下げたままのミーナを気にする様子もなく、アイザックは屋敷に戻っていく。手を繋いだままのリネットももちろん道連れだ。

「えっと、『梟』は私たちがいないほうがよかったんじゃないの？」

「それは違いますよ。申し上げた通り、二人きりの時間を思いっきり満喫していただくことのほうが目的です。楽しくすごされましたか？」

「そ、それはまあ」

アイザックといられるならどんな短時間でも嬉しいのに、二人きりで美しい湖を見ながら散歩ができたのだ。当然、不満などない。なんなら、明日も明後日《あさって》もこの予定がいいぐらいだ。

「それはよかったです。でしたら、きっと大丈夫かと」

「なにそれ」

ミーナは無言で微笑みながら、リネットの後ろを静かについてくる。専属侍女が主に隠し事はどうかと思うが、害のない話なのだろう。

これ以上は無駄《むだ》だと察して、リネットも追及は諦めることにする。

「ただいま戻りました」

帰宅の挨拶《あいさつ》を告げると「おかえりなさいませ」と村人たちから声が返る。

視察一行は各自に割りふられた客間で寛《くつろ》いでいるようだ。夕食の準備がもう少しかかるとのことなので、先に入浴を済ませているのかもしれない。

「話し合いをまとめたものは、レナルド様がお持ちです」

「それは後で受け取っておく。リネットはどうする？」

「そうですね。私もお夕飯まで休もうと思います」

屋敷の中の空気もまったりとしたもので、階段の脇にロッドフォードとマクファーレンの軍人が一人ずつ見張りについているが、和《なご》やかに談笑をしているぐらいだ。

今回の視察は、公務というより半分休暇《きゅうか》だな、と改めて感じているところで、

「夜分に失礼いたします！」

と、大きな声と共に、扉を叩《たた》く音がエントランスに響き渡った。

「え……？」

慌てて飛び出してきた村の者が扉を開くと、そこにいたのは見覚えのある職人が数名と、彼らよりもだいぶ厳《いか》つい風貌の男が一人。

そして、夜闇に隠れてしまいそうな全身黒ずくめの青年が一人、どこか怯《おび》えた様子で立って

いた。

（あの子は……）

　リネットよりも年下そうな彼には見覚えがある。最初に洞窟を訪れた際に、入口で見張り役をしていた一人だ。変なところまでベルトでぐるぐる巻きの服は、間違えようがない。

「お待たせしてしまい、申し訳ございません！」

　アイザックの姿に気付いた職人たちが、揃って深々と頭を下げる。よく通る彼らの声に、客間にいた他の皆も集まってきたようだ。

「殿下、リネットさん、おかえりなさい。何事ですか？」

「昼にお前と話していた職人たちだ。洞窟の反対派と話をしてきたんだろう」

　小走りで階段を降りてきたレナルドは、彼らの顔を確認して「ああ」と呟く。

「では、洞窟の彼らと話がついたのですか？」

「いえ、それが。残念ながら、アンガスは姿を見せもしなかったのです……入口からこちらの言い分は伝えましたが……」

　両手を胸の前で組みながら訴《うった》える彼らは、よく見ると震えている。

　アイザックの怒りを恐れているのだろうが、事情を知っているこちらからすると「だろうな」というのが素直な感想だった。

（本職から見たら幼児のお遊びだけど、一応魔術だもの。何も知らない人たちに、看破《かんぱ》できる

ものじゃないわ）

　リネットですらこう思うので、アイザックも合流したソニアも怒るそぶりなど欠片もない。

職人たちも顔を見合わせながら、小さく息をついている。

「首謀者のアンガスとは話せませんでしたが、伝言役としてこの子を連れてくることはできました。……ほら、背筋を伸ばして立て！」

　そう言うと、ひときわ厳つい顔の男が黒ずくめの青年を前に出した。この人が職人たちの頭領なのだろうか。華奢《きゃしゃ》な青年と彼とでは、体の厚みが倍ぐらい違いそうだ。

「うわ、やめて押すなよっ……ふ、ふん！　アンガスさんたちの言葉を伝えに来てやったぞ。ありがたく思えよな！」

　職人たちにはビクビクしていた青年は、何故かアイザックたちに対しては妙に偉そうに、ぐっと胸を張って話しかけてくる。

　怖いもの知らずなのか、背後の職人たちの真《ま》っ青《さお》な顔には気付いていないらしい。

「それで？　あの面白集団はなんと言っていたんだ？」

「喜べ！　アンタたちがあんまりにもしつこいから、アンガスさんが『聖なる祠』への参拝を許可して下さったんだ！」

　ふふんっと得意げに笑った青年に、今度こそ職人の一人から拳骨《げんこつ》が落ちた。いい音がしたので痛そうだが、それよりも彼の伝言のほうが大事だ。

たった二回の訪問を〝あんまりにもしつこい〟という短気ぶりも気になるが、洞窟に堂々と入れる資格を得たのは大きい。

(武力行使していいならいつでもいけたけど、国民相手なら穏便にいきたいものね)

アイザックも同意見なのだろう。小突かれた頭を押さえる青年を眺めながら、無言で続きを促《うなが》している。

「こ、これぐらい、なんともない……っ。洞窟に入ってもいいけど、条件がある」

「条件？」

また拳《こぶし》を握った職人を、こちらが片手で制する。途端《とたん》にニヤッと笑った青年は、さも素晴らしいことのように声を張り上げた。

「『聖なる祠』に参拝できるのは、アンタたちの中でも女の子だけだ!!」

「……はあ？」

今、一体何人の声が重なっただろうか。

さすがに誰もこの返答は予想していなかったのか、心情が言葉にならない。

「……もう一度、言ってもらえるか？」

なんとか聞き返したアイザックに対し、青年はますます得意げに腰に両手をあてた。

「だから、洞窟に入っていいのは女の子だけなんだ！　男のアンタたちを入れるつもりはないぞ。ちょうどスカートを穿《は》いてる子が三人いるだろ？　あの子たちだけだ！」

「スカート？」

青年の発言に、リネットとミーナは顔を見合わせる。というのも、女性は確かに三名だが、内一人のソニアはいつも通りに男装をしていたのだ。

「すまない、伝言役君。ボクはスカートを穿いていないのだが、お誘いからは外れてしまっているのかな？」

正《まさ》しく考えていたソニアが質問を投げると、青年はキッと眉を吊《つ》り上げて、あろうことかソニアを睨《にら》みつけた。

「アンタはカッコいいからダメだ!!」

「おや、そうなのかい」

言われたソニアはどこか嬉しそうに首をかしげて返す。男装をしていても、ソニアは明らかに女性らしい体格であるし、声だってそうだ。

それでも気付かない――つまりは、彼らが衣服でしか性別を判断していないのだとして。

(スカートを穿いているのは、私とミーナと)

「…………オレか」

誘いから外れたソニアとは裏腹に、グレアムは心底嫌そうに額を両手で押さえた。そう、洞窟訪問時にスカートを穿いていた三人目は、女装していたグレアムなのだ。

ちなみに、先に答えに気付いたレナルドは、早速階段の手すりを掴んで笑いを堪えている。

「まあ、仕方ないですね。グレアム様はお顔がたいへん美少女ですから」

「身長もソニア様よりちょっと低いしね」

「おい背丈には触れるな愚妹《ぐまい》」

指の隙間《すきま》からギロッと睨んできたが、実兄との喧嘩《けんか》には慣れているリネットなので、痛くもかゆくもない。それと、ソニアよりもグレアムのほうが背が低いのは事実だ。

(まあ、女装慣れしてる兄さんには、王都の貴族たちだって騙《だま》されたものね)

よく聞けば女性にしては声が低いのだが、グレアムの場合は顔の美しさが他の粗《あら》を隠している。淑女《しゅくじょ》の所作も身についている彼を、村人に見破れというほうが難しいかもしれない。

「……『梟』を二人連れていけるなら大丈夫か」

返答に一瞬殺気立ったアイザックも、同行者が彼らだと気付いて止《とど》まったようだ。特にグレアムは、一人でも余裕で制圧できる戦闘員なので、危険度は格段に下がる。

「でも……そこのアンタは、来ても来なくてもいい」

そんな中、青年はどこか悲しそうにピッと指をさした。……相手はリネットだ。

「え、私？」

すぐさま「指をさすな!!」と職人からまた拳骨を食らっているが、青年がリネットを示したのは間違いない。

「まさか、私は女に見えませんか？」

「いたい……っく、違う！　アンタはその、隣の人の恋人なんだろ？　だったら、アンガスさんに会いに来てもしょうがないって……なんだよ！　ちょっと背が高いからって、見せつけやがって！　オレたちは奇跡の力が使えるんだからな!!」

涙目になりつつも、青年はぷりぷりと怒りをあらわにしている。リネットは恋人ではなく妻なのだが、ここは訂正しておくべきだろうか。

「あの洞窟の男は、独り身の女がいいと言っているのか？」

「当たり前だろ!!」

アイザックの問いにも、青年はハッキリと返す。何が当たり前なのか知らないが、指名された内の一人が男の時点で、アンガスの要望には応えられなさそうだ。

「とにかく、オレはちゃんと伝えたからな！　時間は明日の朝からだ。参拝にくるなら、ちゃんとお洒落《しゃれ》をして来いよ!!」

「いい加減にせんか、この馬鹿たれが!!」

言いたいだけ言った青年は、最終的に職人たちに担《かつ》がれて屋敷から去っていった。「父ちゃん母ちゃんに叱《しか》ってもらえ!!」という怒鳴り声が扉の向こうから聞こえたので、きっと彼は洞窟ではなく村の家族のもとへ帰されるのだろう。

……さて。

「私が行っても大丈夫でしょうか？」

「行ってくれるとありがたくはあるが、リネットは人妻だぞ。条件としてはいいのか？」

「それを言ったら、オレは確実にダメですよ殿下」

「じゃあ、ボクがスカートを穿いて行こうか？」

わらわらと集まってきた一行は、思い思いに意見を交わす。そもそも、独り身の女性のみを招く意図が、リネットにはさっぱりわからない。反対派のアンガスたちは、全員男だったはずだ。

（嫌な考え方をするなら生贄《いけにえ》とかだけど、そんなに強い宗教色は感じなかったし）

まず独り身と指定するのがわからない。青年の言い分を信じるなら、恋人ですらダメだということだ。

「何がしたいんでしょう、あの人たち」

「これは俺にもわからんな」

とりあえず、リネットの代わりにソニアが行くと、全員魔素に耐性がない者になってしまうので、万が一のことを考えればリネットが行ったほうがよさそうだ。

男性陣には引き続き、現地の視察や職人たちとの相談を進めてもらうとして、何かあった時に動ける準備だけは済ませておいてもらおう。

「……グレアム。もしや、今日俺とリネットを屋敷から出して、洞窟のやつらに覗かせたのはこのためか?」

「そうかもしれませんね。オレたちの目論見《もくろみ》は成功しました、とだけはご報告しますよ。ちゃんとイチャイチャして下さったようで何よりです」

義弟にふっと笑ってみせるグレアムの後ろでは、耐えきれなくなったレナルドの笑い声がしばらく響いていた。

＊　＊　＊

翌朝、隣にアイザックがいるという幸せを噛《か》み締める余裕もなく、リネットたちは洞窟見学に向かうことになった。

さすがに日の出と共に出かけるようなことはしなかったが、屋敷に勤めてくれている者たちは早朝からテキパキと動いていたし、耳を澄ませば建設現場のほうからも作業の音が聞こえてくる。どうやら、コナハンの村の皆も朝が早い生活のようだ。

「お洒落をしてこいって言われたけど……」

アイザックの前で着替えるのもどうかと思ったので、一旦隣のミーナの客間へ移動して支度《したく》に臨《のぞ》んだのだが、今回持ってきた着替えはどれも同じような簡素な服だ。

ミーナも同様で、他には念のため持ってきたお仕着せだけだという。

「まあ、私はどちらでもいいって言われたぐらいだし、楽な服でいいわよね」

「そうですね。きっとグレアム様がちゃんとした格好で向かって下さるでしょう」

「男だけどね」

ブラウスにリボンタイ、落ち着いた色のスカートというここ何日かの『いつもの装い』に着替えて、軽く髪を整えてもらう。化粧は身だしなみ程度にほんのりとだ。

（ちゃんとしたところで、あの洞窟の中じゃ見えないと思うけど）

まず、祠を参拝するのにお洒落をしてこいというのが間違っている気もする。宗教には詳しくないが、基本的には清貧を善とすると思っていた。

（行ってみればわかるわよね）

姿見で最終確認を終えると、ちょうどよく扉が叩かれる。「できたか？」と聞こえる声は、いつも通りのグレアムのものだ。

「すぐにでも行けるわ。兄さんはちゃんとお洒落した？」

返事をしながら扉を開けると……廊下に立っていたのは驚くほどの美少女だった。

淡いレモン色を基調に白のフリルで全体を飾ったそれは、華やかながら子どもっぽくはならない絶妙な塩梅《あんばい》のワンピースだ。

露出は極めて少なく、その上レース編みのショールが肩幅を隠してくれている。

ゆるく巻いた髪は後ろではなく左肩の前にまとめてあるので、お淑《しと》やかな印象が増し、そこに乗っかっている顔は文句なしの美少女である。

「すごい……完璧！　避暑にきた深窓《しんそう》のご令嬢だわ！」

「いつもながらお見事ですね、グレアム様」

リネットとミーナが揃って拍手を送ると、グレアムは一瞬嫌そうに眉を顰《ひそ》めたが、すぐに淑女の礼の姿勢をとって見せた。

「連中がどうする気なのかわからん以上、オレに視線を集めておくのが一番安全だからな」

「あ……」

女装自体もとんでもなく似合っているが、それが自分たちを守るためだとわかると、ありがたくて胸が温かくなる。

「兄さんには昔から守られてばっかりね」

「守り方がこれっていうのも、格好つかないけどな」

「そんなことないわよ」

それに、このやり方はグレアムにしかできないことだ。アイザックやレナルドの手を借りられない状況でも、彼がいてくれるのは心強い。

「あ……でも、対策はしとくべきよね。質の良くない魔素だと、気持ち悪くなるんでしょ？」

はっと気付いてミーナにも確認すると、二人とも小さく頷いた。魔素はもちろん、魔術も全く平気なリネットにはわかってあげられない苦労だ。

「それなら大丈夫だ。ソニア王女殿下から、例の薬を少し分けてもらってある。洞窟で暮らすわけでもないなら、問題ないぞ」

「そうなんだ。それならよかった」

ミーナも同様のようで、ひとまず安堵する。そういえば、ロッドフォード国民は魔術への耐性が低い者のほうが多いのだが、アンガスたちは立て篭もっていても平気なようだ。

ずっと洞窟で暮らしているわけではないと思うが、耐性が高いこと自体が珍しい。

（それを言ったら私もだけど。若い世代のほうが平気な人が多いのかもね）

とにかく準備は万端だ。『聖なる祠』とやらの正体を明かして、マテウスとシャノンの結婚式のための催事場を建ててもらわなくては。

「じゃあ、あんまり遅くなっても嫌だし、さっさと済ませてくるか。今の時間なら王都でも店が開いてる頃だし、あいつらも起きてるだろ」

外見の可憐《かれん》さにはあまり似合わない声に促されて、リネットとミーナも客間を出る。

そんなに時間はかからないだろうが、アイザックたちに挨拶をして……。

「三人とも、お待たせしました」

と考えていると、廊下の奥から声がかかる。よく似た容姿にお揃いの白い正装を身に着けているのは、ファビアンとリュカだった。

「おはようございます……？」

とりあえず挨拶をすると、二人ともにニコニコしながら近付いてくる。待たせた、と言っていたのは気のせいだったか？

「もしかして、洞窟へ行く時の注意とかですか？　魔術師視点の」

「違うよリネットさん。あの程度の弱弱しい魔術なら、悪酔い以外は特に問題もないし」

確かに、全員もっと過酷《かこく》な事態を乗り越えてきた者たちなので、今更素人《いまさらしろうと》が立て篭もる程度の洞窟に本気で困ることはない。

「でしたら、何のお待たせした、でしょうか」

「僕たちもご一緒しようと思いまして」

なんてことない様子で今度はリュカが答えて、待っていた三人は目を瞬く。

……昨夜伝言役の青年が来た時に、二人も階段の上で聞いていたはずだ。『女の子だけしか入れない』という謎の制限を。

「ソニア様すら入っちゃダメって言われたのに、お二人がきて大丈夫なんですか？」

「いけると思うよ、多分。ソニア王女は格好いいからダメだろうけど」

「？」

主張の意味がわからない。そりゃあ、騒動すら起こしたソニアのモテっぷりは凄《すさ》まじいが、ファビアンとリュカが格好悪いかと聞かれたら、決してそんなことはない。アイザックとは系統が違うものの、間違いなく美形だ。

それなのに、二人は『自分たちなら入れる』と信じているらしい。

「『梟』のお兄さんは、もうわかってるんじゃないのかな？　彼らの定める条件を」

「なんとなくですけどね。なんというか……痛々しくて」

「それで充分だし、多分当たってると思うよ」

笑顔のファビアンは「さあ行こう」とノリノリで先頭を行ってしまう。何がなんだかわからないが、アディンセル領組に魔術師が二人加わっての挑戦は決定したようだった。


早朝から宿泊所工事に励む職人たちに挨拶をしつつ、すでに三度目となる小道を行く。

朝の爽《さわ》やかな日差しが心地よいが、その先はがらんと空いている催事場の建設現場だ。頭領の説得失敗があったせいか、材料運びの人すらも見受けられない。

「あ、いる」

放置されたようにも見える現場の奥に、男が一人立っていた。

比較的引き締まった体つきに、（パッと見だけは）軍装に見える雑な黒ずくめの服。そして見間違えようのない、のっぺりと均一に塗られた赤の髪がよく目立つ。

「アンガスさん、でしたっけ？」

「あ、ああ！　よく来たな」

恐る恐る声をかけると、反対派の首謀者は慌てて前髪を指で払った。

……もしかして、格好つけているのだろうか。その割にはぎこちないが。

「今日は特別に、お前たちにも『聖なる祠』を見せてやろう！　他では決して、決して見られない、奇跡の力を……えっと、刮目《かつもく》、して見るがいい！」

「は、はあ……」

いちいち力を入れすぎた言い回しが、なんとも耳に障《さわ》る。同じ演技めいた所作でも、ソニアがすると華があるのに不思議なものだ。

これまでの訪問時、リネットは特別何も思わなかったのだが、三度目にしてレナルドの気持ちが少しわかった気がした。

（やっぱり変だな、この人）

表現が曖昧《あいまい》だが、『変』というのが一番近い気がする。当然髪の色も気になるが、それと同じぐらい言動も変だ。

かといって、リネットも笑いたくなるかといえば、笑いも起こらない。愛する旦那様の真似をしてコレという辺り、どちらかといえばムカムカする気持ちのほうが強い。

ちなみに、アンガスと話しているのはリネットだが、彼の目がずっと見つめているのはグレアムだ。

明らかに上辺《うわべ》に釣られているところも、白けてしまう。

「あ、あの……」

ちょうどリネットとの話が途切れたのを見計らって、ファビアンとリュカが声を上げた。

（えっ⁉）

その様子は、普段の彼らを知っているリネットたちからしたら、まるで別人だ。

背中を猫背に丸め、両手は胸の前で組み、アンガスの顔をびくびくしながら上目遣いに窺《うかが》っている。……こういうのも何だが、臆病な口下手《くちべた》男にしか見えない。

「あ？　なんだ、お前たちは。なんで男がいるんだ」

「あの……ぼ、僕たちも、どうしても『聖なる祠』が見たくて……」

「お邪魔はしません。その、ほんの少しだけ……お願いします……」

懇願《こんがん》する声は、なんと二人とも震えている。怖いけれど、どうしてもと勇気をふり絞っている雰囲気がリネットにまで伝わってきた。

（なるほど、そういう狙いだったのね）

体を鍛えているらしいアンガスと比べると、魔術師の二人は細身だ。協会の服装も、一見すると質素な聖職者にしか見えない。極めつけが、この弱気な演技。

二人は、アンガスにへりくだる弱者になりきったのだ。

「ふっ、まあいいだろう！　俺は寛大な男だ。お前たちにも『聖なる祠』の恩恵を、与えてやろうじゃないか！　……恩恵、で合ってるよな……」

「あ、ありがとうございます！」

気を良くしたアンガスは、あっさりと二人の同行を許可してしまった。これは体格のいいアイザックやレナルド、また華やかな雰囲気のソニアではできない方法だろう。

「……見事ですね、お二方。お上手な演技です」

「でしょう？　僕たちもソニア殿下には負けませんよ」

ぱちんと片目をつぶって応えたファビアンに、『梟』として役になりきる者を多く見ているグレアムも、素直に賞賛している。

大国の王子であり、魔術を使えば一国民など足元にも及ばない彼らが、プライドを捨ててこんな演技をするのだから恐れ入る。それほどあの洞窟に興味があったのだろうか。

「さあ、ついて来い」

上機嫌《きげん》のアンガスは、弾《はず》むような足取りで洞窟へ先導していく。

村の常識人たちは彼を諌《いさ》めてばかりなので、ちょっとでも持ち上げられたことがよほど嬉しかったようだ。

つい『チョロい』というような言葉が浮かんだが、そのほうがありがたいので余計なことは口にしないでおく。

「わ、涼しい……」

いざ問題の洞窟に足を踏み入れると、外よりも涼しい空気が頬に触れた。本格的に夏になったら、気持ちよさそうだ。

　昨日は火の入っていなかった足元の蝋燭《ろうそく》も、今日は全てに火が灯《とも》されている。壁にもところどころランプが付けられているので、明るすぎるぐらいだ。ずいぶん気合を入れて、今日を迎えたらしい。

「足元に気をつけてくれ。歩きづらいなら、俺の手や服に掴まってもいいぞ！」

　アンガスは先を歩きつつも、しょっちゅう後ろをふり返り、ちらっちらっと視線をグレアムに向けてくる。それなら最初から手をとってエスコートでもすればいいのに、思いつかなかったのか。それとも、恥ずかしくて言い出せなかったのか。……後者のほうがありそうだ。

「鬱陶《うっとう》しい……」

「グレアム様、抑えて下さい」

　いずれにしても、グレアムの好意はゼロをすぎて嫌悪になりつつあるのだが。低い声で呟きつつ、顔は完璧な淑女の笑みを張り付けている彼はさすがである。

(それにしても、やっぱり結構深いな)

　足音の反響は、奥へ奥へと続いていく。外から見た時はごく浅い洞窟にしか見えなかったが、恐らく全体的に緩《ゆる》やかな下り坂になっているのだ。

　今進んでいる場所も、近隣の建物と比べれば地下にあたると思われる。

「アンガスさんは、どうしてここに祠を建てようと考えたのですか？　それとも、最初からここに祠があったんですか？」

リネットが問いかけると、またフッと一度笑ってからアンガスは天井を仰《あお》いだ。

（なんで天井？）

「答えはどちらでもある。俺が建設の仕事に従事していた頃、この洞窟の内部の調査を任されて……そこで見つけたんだ。俺たちに奇跡の力を与えてくれる、『聖遺物《せいいぶつ》』を！」

恍惚《こうこつ》とした表情で言い切ったアンガスは、「決まった……」などと自分に酔っている。何が決まったのか知らないが、彼としては上手《うま》くできた言い回しだったようだ。

（それにしても、聖遺物って。すごい言葉が出てきたなあ）

聖遺物とは聖人の遺品のことだ。何故アンガスはそれが尊い人の持ち物だとわかったのかは謎だが、よほどわかりやすい物だったのだろうか。

「多分、言葉の響きだけでそう呼んでると思うよ」

「ああ、なるほど……」

ぽそっと補足してくれたファビアンに、即座に納得してしまった。先ほどからの自分に酔った発言を聞くに、その可能性のほうが高そうである。

「……俺は、選ばれた者として、この洞窟を聖地とし、聖遺物を納める祠を作った。この奇跡の力をもって、世を正しく導くために！」

「ソウナンデスネ」

実際にやっているのは、世を導くどころか王家主導事業の妨害なわけだが。

昨日の時点では彼らを泥棒扱いしたくないと思っていたし、ちゃんと話してわかってもらおうと思っていた。

でも、もしかしたら。泥棒として捕まえたほうが、早く解決したかもしれない。

（い、いけない。王太子妃として、民を悪くいうような考えは控えないと）

つい楽なほうへと逃げかけた思考を、慌てて引き戻す。

歩いても歩いても景色が変わらないせいで、うっかり立場を忘れて感情的になってしまっているようだ。

「さあ諸君、着いたぞ！」

気持ちを切り替えようとした直後、アンガスの高らかな声が響き渡る。

よく見れば、周囲には彼と同じのっぺり赤髪の男性二人と、真っ黒ずくめで洞窟と同化しそうな青年たちが跪《ひざまず》いて集まっていた。

「昨日はもう少し手前で見えた気がしたんですが」

「ああ。バレたら……じゃない。奪われては困るから、奥へ移動したんだ」

……祠とは、そんな簡単に移動が叶《かな》うものだったか？

ともあれ、これで今回の任務達成だ。アンガスの発言にうんざりしていたグレアムたちも、背筋を正して前へと進む。

——果たしてそこには、階段状に並べられた石があった。

（……うん？）

装飾があったりするわけでもない。ちょうどリネットの肩幅ほどの石がただ積まれている。形は整っているので、建設現場で使う予定だった材料なのかもしれない。

五段ほどの高さの頂上には、アンガス曰く『聖遺物』があった。

一応下に布こそ敷かれているものの、祀《まつ》るとはほど遠く、無造作に置いてあるだけだ。

しかも、その正体はなんと——軍の備品だ。

携帯用の革鞄《かばん》が大きさ違いで三つと、鉄製の水筒が一つ。いずれもずいぶん昔の物であることが窺えるものの、どこからどう見てもただの備品である。

「あの、これは……？」

リネットの問いかけに、アンガスは自信満々で胸を張った。

「俺たちの『聖なる祠』だ！　遠慮せずに参拝するといい」

「…………」

妙に響く彼の宣言の後、そこにはただ沈黙だけがあった。

5章　王太子の肖像と真実

「ずいぶん早く戻《もど》ってきたな」

すっかり拠点として慣れた屋敷に戻ると、真っ先に声をかけてきたのはアイザックだった。

「おや、アイザック殿下。ただいま戻りました」

手を挙げて応えるファビアンに、食堂のほうから留守番組の皆が顔を覗《のぞ》かせてくる。どうやら、リネットたちの話を聞くために、全員集まって待っていたらしい。

ただ、出迎えてくれた彼らには、驚きと戸惑いがありありと見てとれた。

……それもそのはず。実は洞窟《どうくつ》に向かってから、まだ一時間も経《た》っていないのだ。目的だった『聖なる祠《ほこら》』の滞在時間にいたっては、わずか十分程度。つまり、ほぼ移動時間である。

——あまりにも早い帰還に、何かあったということは察してくれただろう。

「ええと、リネットさんが黙っているのも珍しいですね。洞窟に入れなかったわけではなさそうですが……もしかして怒っているのですか？」

洞窟に行った組も食堂の席につくと、レナルドが早速訊《たず》ねてくる。

「……怒ってる……と思います、多分」

答えるリネットの視線は、下を向いたままだ。

胸にふつふつと湧《わ》き上がるのは、恐らく『怒り』で正しい。けれど、より正確に言うなら『ムカついている』のが近いかもしれない。

「なんと言いますか……なんでこんな人たちのために時間を使わなくちゃいけなかったのかなって。立場上言ってはいけないかもしれないですけど、すごいムカムカしてます」

毛羽立《けばだ》つ感情をそのまま口に出すリネットに、屋敷で待っていた人々は少しだけ驚き、一緒にアレを見た者は生暖かい苦笑を浮かべた。

まず、アイザックたちは必死で公務を片付けてコナハンに来ている。ソニアやファビアンたち他国の王族もそのはずなので、この視察は苦労して作った貴重な時間だ。

現地であるコナハンの人々も、犯罪者の潜伏先にされるという不運に見舞われながらも、国をあげての観光事業に積極的に協力してくれている。

そんな彼らの負担を少しでも減らし、皆が気持ちよく事業に取り組めるように話を聞くことが、今回の視察の第一目的だ。そのための大切な時間だった。

だというのに、あんな粗末な祠を理由に工事を邪魔されるなど。ましてや、アイザックの金にも勝《まさ》る価値の時間を、若者たちの遊びのために消費されるだなんて。

——考えれば考えるほど、許しがたい。

「皆が必死でいいものを造ろうと頑張っているのに、あんな中途半端な人たちに邪魔をされるなんて、やっぱり許せません!!　何がしたいんですか、あの人たちは!?」

口をついて出た声は、リネット自身も驚くほど激しいものだった。

「リネット……？」

「兄さんみたいに変装を極めるでもなければ、ソニア様のように立ち居振る舞いに取り入れられるわけでもない！　おまけに、あんな燃えないゴミを並べただけのものを喧伝《けんでん》して、皆さんの作業を妨害するなんて！　なんなのよ、もう!!」

「お、落ち着けリネット。どうどう」

「でも、本当にっ……！」

一度声に出してしまうとどうにも止まらず、アイザックに宥《なだ》められても食いつきたくなってしまう。この最愛の旦那様を中途半端に真似している姿勢《しせい》も、また腹立たしい。

「よほど酷《ひど》かったんだな」

「酷かったです！」

「酷かったな」

「私は初めて、人の存在に意味を問いたくなりました」

リネットに加えて、一緒に行ったグレアムと、集まりでは発言を控《ひか》えていたミーナも同意を示す。意訳すると『なんのために生きてるの？』と答えたミーナが一番辛辣《しんらつ》だ。

「オレも妹に同感です。アレは大多数の善人たちの邪魔になるだけのものだったんで、問答無用で洞窟ごと破壊でいいと思いますよ。なんなら、オレがやってきます」

「そこまでですか。しかし、『梟《ふくろう》』を動かすぐらいなら、職人たちにやってもらいましょう。頭領も思うところがあるでしょうし」

「わかったから落ち着け、義兄上《あにうえ》たち。それがうまくいかないから、俺たちがどうにかしようとしていたんだろうが」

可愛《かわい》らしい格好のままで動こうとするグレアムを、アイザックがため息混じりに止める。

義兄上とあえて呼んだのは、まとめて扱われるレナルドも止めておかないと、血気盛んな彼が動くかもしれないと踏んだからだろう。

「ファビアン殿下、リュカ殿下」

アイザックは続けて、のんびりと様子を窺《うかが》っていた魔術師兄弟に視線を向けた。

「リネットの答えでだいたいは察したが、魔術師としての感想を聞かせて欲しい。あの場所は、力ずくで壊しても大丈夫なのか？」

「そうですね。多分問題はないと思いますが、問われたからには魔術師としてお答えします」

怒れるリネットたちとは違い、いつも通りの穏やかな様子のファビアンは、用意されたカップを口につけてゆっくりと唇を湿らせる。

……そういえば、祠について詳《くわ》しい説明を忘れていた。

「……では改めて、彼らが『聖なる祠』と呼んでいたものは、石を積んだだけの簡素なものでしたよ。『聖遺物《せいいぶつ》』と称してずいぶん古い軍の備品が祀《まつ》られていました」

「軍の？」

ファビアンの説明に、アイザックがひくりと顔をしかめる。聖遺物という奇妙な言葉ではなく、軍に反応する辺りが彼の生き方を語っている。

「ええ、携帯用の鞄《かばん》が三つと水筒、だと思います。年季の入った物でしたので、ロッドフォードのものかどうかはわかりませんでしたが……この聖遺物とやら」

おもむろに、ファビアンの指先が眼鏡《めがね》の中心部をくいっと押した。

「洞窟の魔素の出どころは、あそこからですね」

「えっ!?」

まさかの答えに、一気に緊張感が走る。

あの場所で使われていた魔術について昨日も話したが、結局魔素……燃料石の出どころはわからずじまいで話は止まっていた。

「じゃあまさか、あれは本当に聖遺物だったんですか!?」

「うーん、ある意味そうなのかな。宗教的な色は感じられないけど、彼らが崇《あが》めたくなるような代物《しろもの》ではあったってことだね」

にこにこと笑うファビアンに、リネットは怒りをすっかり鎮《しず》めて押し黙る。

自分たちにとっては何の価値も感じられなかった洞窟も、魔術師の彼らにとってはちゃんと意味のある訪問だったのだ。

（お二人が来て下さって、本当によかった！）

「では、その祀られた備品の中に燃料石が入っているんだな。だとしたら、他国から入ってきたものか？　場所から考えるなら、マクファーレン軍のものだと思うが」

「ボクも見てみないと答えられないかな。ただ、燃料石は高価なものだ。一介の軍人が鞄いっぱいに持っていることはないと思うよ」

アイザックの意見に、ソニアもすぐに答える。彼女の言う通り、例の聖遺物が個人の持ち物なら、燃料石はごく少量のはずだ。

アンガスたちが魔術もどきで中身を消費している以上、じきに魔素もなくなるだろう。

「何にしろ、魔素の出どころがわかったのは大きいな。感謝するぞ」

「どういたしまして」

なんてことないようにふるまうファビアンだが、彼らは一国民にへりくだった演技までして情報を掴《つか》んでくれたのだ。いくら魔術狂いだとしても、賞賛されるべき献身である。

「……本当に、ありがとうございました」

リネットが深く頭を下げると、グレアムとミーナもそれに続く。情報を持ってくることが本職の二人は、自分たちでは得られなかったことを気にしているのかもしれない。

「頭を下げる必要はないよ。君たちがいなかったら、まず洞窟へ招かれるようなこともなかったしね」

ファビアンは一瞬きょとんとした後、すぐに右手を顔の前でふって応える。

「君たちが彼らの意味ありげな視線を引き受けてくれたからこそ、僕たちは魔術師目線で洞窟を探れたんだ。むしろ、役に立てる機会があってよかったよ」

確かに、ファビアン兄弟は本来予定になかった訪問者だ。合流した当時は困惑さえしたが、こうして活躍してくれると、この合流も運命的にすら感じてくる。

「ここに来て下さったことにも、改めてお礼を言わせて下さい」

リネットが再度頭を下げれば、彼らは顔を見合わせた後に、嬉《うれ》しそうにまた笑った。

「まあ、味を占《し》めてまた無連絡で来られても困るから、それぐらいにしておけ」

頭を戻すと、すかさずアイザックがぽんと撫《な》でてくれる。それはそうだと皆も釣られて笑い、緊張していた食堂の空気は穏やかなものへと変わっていた。

「そうそう、僕の勘違いならいいんですけど、ちょっと気になることがありまして」

ふいに真面目《まじめ》な表情に戻ったファビアンが、口元に手をやりながら俯《うつむ》いた。

「どうかしたのか？」

「確証は全くないんですけどね。あの祠もどきの傍《そば》に行った時に、アイザック殿下の魔力を感じた気がしたんですよ」

「俺の？」

またも予想外の話に、リネットの頭に乗せたままだった彼の手がするりと落ちる。魔力とは、魔術師の体内に吸収され、蓄えられた魔素のことだ。

かつて〝体質〟を勝手に発動させていた通り、アイザックは極めて微量なロッドフォードの空気中の魔素を集めて使えるといわれている。だが、今回の訪問でアイザックは一度も魔術を使っていないので、それを感じとれるはずがない。

当然、ファビアンの勘違いになるが……魔術に対する鋭《するど》さが群を抜いている彼の意見を、否定できないのも事実だ。

「何か、あるのか」

「私にはさっぱり」

アイザックは記憶を辿《たど》るように視線を落とし、リネットも倣《なら》うように思考を巡らせる。以前のように彼の作った魔導具も持っていないのに、ファビアンは何を感じたのか。

「……あの、僕からもいいですか？」

そんな中、軽く手を挙げて発言したのはずっと黙っていたリュカだ。彼も魔術師として、何かを感じたのだろう。

「リュカ殿下も、兄と同じ考えか？」

アイザックが訊ねると、彼はしっかりと首肯《しゅこう》を返す。そのまま静かに席を立った。

「状況的に、ちゃんと検証すべきかと思いまして」

彼の手が、協会の正装の腰の部分に押し込まれる。なんてことはない、脚衣のポケットの部分に。


「持ってきました」


「え」

取り出された手が、テーブルに音を立てて何かを乗せる。

——果たしてそこには、彼らの聖遺物の一つであった鉄製の水筒が、鈍《にぶ》い光を放ちながら立っていた。

「も……………持ってきちゃったんですかっ!?」

「さすがリュカ！　よくやった!!」

次の瞬間、リネットの悲鳴とファビアンの賞賛の声が同時に食堂に響き渡った。

錆《さ》びついたそれは間違いなく、あの洞窟の粗末な祠に祀られていたものだ。

「い、いやいや、リュカ殿下!?　これ、どうやって……!?」

「洞窟にいた青年たちは、皆グレアム殿に釘付《くぎづ》けでしたので。あの場では僕が一番存在感なかったですし、持ってくるのは簡単でした」

（存在感で済む問題⁉）

そりゃあ着飾ったグレアムと比べれば存在感はなかった。同じ装《よそお》いでも、長髪と眼鏡という特徴のあるファビアンに対して、リュカは目につきにくいのもわからなくはない……が。

「で、でもこれ、泥棒になるんじゃ……」

「ああ、それは問題ありませんよ」

困惑するリネットに、横から声をかけるのはレナルドだ。

「作業現場は洞窟も含めて国有地です。そして、国が依頼した建設工事の調査で出土したものならば、いかなるものでも報告の義務があります。実は、反対派の皆さんが勝手に祀っている今の状況のほうが、問題なのですよ」

「そうだったんですね！」

彼らがさも〝自分たちのもの〟のようにふるまっているから勘違いしてしまったが、確かに国の土地から出たものの所有権が、一雇われ人にあるはずがない。

（むしろ、態度を改めないと、本当に彼らは泥棒になってしまうのね）

言葉は悪いが、付け上がっているともいえる。アイザックが村人たちを尊重していることが、こんな形で返ってきたなら悲しい話だ。

「色々と思うところはあるが、持ってきてくれたのは助かったぞ。……これは、ここ数十年の備品じゃないいな」

ふう、と一息こぼしたアイザックは、テーブルに置かれたそれを手にとる。錆びた蓋《ふた》が、ミシ、ギシと嫌な音を立てた。

「わからないことは、実際に確認したほうが早い」

「え、ちょっと殿下⁉」

誰かの制止の声も空《むな》しく、高い音を立てて、蓋だった部分が手の中で粉々に崩れる。

鉄が形を保てないほどの時間が経っていたのか、それともアイザックの力が強すぎたのか。

後者の可能性が高いせいで皆若干《じゃっかん》引いているが、残念ながらいつものことだ。

「中身はやっぱり燃料石かい？　それとも、古代の浪漫《ロマン》が隠されていたのかな？」

興味津々《しんしん》といった様子で身を乗り出したソニアに、アイザックの手が筒をひっくり返して応える。

「これは……」

転がり出てきたのは、やはり見覚えのある青みがかった石……燃料石だ。

ただし、思ったよりも量が入っている。小粒の宝石のようなそれらは、テーブルの上で小さな山を作るほどに詰め込まれていた。

「へえ、金持ちの所持品だったみたいだな。こんなに入ってるとは思わなかった」

ヒュウと口笛を吹いたグレアムを、ミーナが肘《ひじ》で軽くつついて諫《いさ》める。

王族のファビアンやリュカは別格として、水筒いっぱいに宝石を詰めていると考えたら価値は相当だ。魔素の量云々《うんぬん》よりも、値段を考えて震えてしまう。

「これ、勝手に所有権を主張してたら、かなり危ういですよね」

「金額換算するととても危ういですね。説得して反対活動を止《や》めてもらう、という話では済まなくなります」

あの青年たちも、まさかとんでもなく高額な代物を着服したことになっているとは夢にも思わないだろう。

つい先ほどまで怒りを向けていた相手だが、知らずに犯罪者になってしまっているなら話は別だ。せめて現実を自覚してもらわなければ。

（信じてくれないなら、捕縛《ほばく》もやむなし。なるべく早く伝えに行かないと）

……とそこまで考えたところで、アイザックが動いていないことに気付いた。

「アイザック様？」

問いかけても、彼はじっと山になった燃料石を見つめている。これを持ってきたリュカと、ファビアンも同様だ。

（魔術師的な視点で、何かわかったってこと？）

残念ながら、リネットの目は遠くを見通すことはできても、魔術については何も見えない。

いつかの地下鉱脈のように、濃い魔素が漏《も》れ出ているなら役に立てるが、そういうわけでもなさそうだ。

「……なるほどなるほど。だいぶ古いけれど、しっかりとした術式だ」

三人の中で、一番早く戻ってきたのはファビアンだった。彼はおもむろに眼鏡を外すと、ぐにぐにと目頭の辺りを揉《も》んでいる。

続けて長い息を吐いたのはリュカで、彼は天井を仰《あお》いだ後に、椅子に座り直した。多少疲れたように見えるが、表情自体は明るく満足げな様子だ。

「……まさか、またコレに煩《わずら》わされるとはな」

最後に動いたのはアイザックで、首を何度か捻《ひね》った後に、隣のリネットの肩にぽすんと頭を預けてくる。甘えてくれるのは嬉しいが、疲れとは別の感情も窺える気がした。

「えっと、術式がどうとかってことは、コレはただの燃料石じゃないんですね？」

「ああ。魔素を溜《た》めているのは間違いないが、そこに魔術が一つ仕込まれている。魔導具と呼んでもいいな」

宝石から、ますます価値が上がった。

ただ燃料を供給するだけの石ではなく、別の意図もある代物だということだ。反対派の彼らは、もはや首すら危うくなっている。

「言っておくが両殿下、これを作ったのは俺じゃないぞ」

「でしょうね。いくらなんでも古すぎますよ。こんなにアイザック殿下に魔力がそっくりなのに、不思議なものです」

「ああ。間違えられるのは〝二度目〟だ。ほんのつい最近、同じ目に遭《あ》った」

「……ん？」

つい最近、間違われた。

その覚えがありすぎる言葉に、リネットはバッと視線を知っている者たちに向ける。

レナルド、グレアム、そしてミーナ。彼らも同じように思ったのだろう。驚きと戸惑いの表情に、かすかな喜びが混じっていた。

「ねえアイザック君。それはボクが聞いても大丈夫な話かな？　正直、そろそろ仲間外れが寂しくなってきたのだけれど」

「ああ……」

魔術的な話から外れていたソニアが、拗《す》ねるように唇を尖《とが》らせてみせる。

アイザックはリネットに預けていた頭を起こすと、全員の顔を見回し、ゆっくりと頷《うなず》いた。

「この場にいるお前たちを信じて話す。……これは多分、地下の燃料石鉱脈に使うための術式の〝練習品〟だ」

「練習？」

オウム返しに訊ねたソニアに、アイザックは静かに説明していく。

燃料石鉱脈は周囲の魔素を溜めてくれるが、自ら吸収しには行かない。地上の魔素ゼロ状態を保つためには、地下へ誘導する仕組みが必要であること。

その仕組みをアイザックたちはつい最近見つけており、対処する際にちょっとした騒動にもなってしまったこと。簡単にではあるが、彼はそれを淡々《たんたん》と語っていく。

「――つまり、その仕組みとやらが、この燃料石にかけられている魔術なのかい？」

「ああ。魔素を燃料石のもとに導き、優先的に吸収させる術式。これは完全版ではないが、だいたい似たようなものだった」

「へえ……」

ソニアの指先がちょんとつつくと、石がほんのりと光を放つ。不完全らしいが、今も発動している証《あかし》だ。

集めた魔素で術式を動かしつつ、残りは溜めて、魔素のないロッドフォードを作る。

リネットたちが少し前に見つけたものと同じだ。今は『聖剣』などと呼ばれて、大事に保管されているそれと。

「……ん？　あれ？　もしかして、これを組んだ人って……!?」

いち早く気付いたファビアンが、さすがに信じられないような表情をアイザックに向ける。

アイザックは見せつけるように、深く、頷いた。

「術者の名前は、オースティン・ロッドフォード。初代騎士王だ」

「ああああ……！」

ファビアンは感極まった声と共に空を仰ぎ、リュカとソニアは目を見開いて固まってしまった。

(本当に他国の人に言っちゃった……)

これは、リネットたちも本当に最近知った真実だ。

魔素のない国ロッドフォードが、人為的《じんいてき》に作られたものであったこと。

そして、初代騎士王がアイザック同様に類稀《たぐいまれ》な才能を持つ魔術師だったこと。

しかし彼は、個人の輝かしい未来を捨ててでも、この地で仲間たちと国を興《おこ》すことを決め、騎士として生きた。その生き様は、天才的な資質を持ちながらも、〝剣《つるぎ》の王太子〟であることを選んだアイザックに重なる。

「この国の始まりには魔術師がかかわってると思ってたけど、まさか騎士王ご本人がそうだったのか！　やばいねリュカ。僕たちすごい秘密に触れてしまったよ！」

「ファビアン兄さん、ちょっと落ち着いて！」

一人興奮気味なファビアンは、水筒と燃料石をキラキラした目で見つめながら『アイザック殿下に似てるわけだ！』とはしゃいでいる。

実は外見もそっくりだったと知ったら、どんな反応をするだろうか。

(生まれ代わりではないけれど、時代を動かす人という意味では同じなのよね)

燃えるような赤い髪と、優れた体躯《たいく》。英雄として後世にまで謳《うた》われるであろう〝再来〟の男は、なんとリネットの最愛の旦那様だ。

なんだか祝福されているような気がして、ついリネットの頬《ほお》も緩《ゆる》んでしまう。

「ん？　だとすると、これは本当に聖遺物なんじゃないかな？」

そんなことをつらつら考えていると、ソニアの戸惑うような声が聞こえた。

「聖遺物って聖人の遺品のことだろう？　宗教的な意味合いはともかく、この国の人々にとって初代騎士王といえば最たる英雄だ。ならば、これは聖遺物じゃないかい、アイザック君」

「……ある意味、間違ってはいないな」

戸惑いに興奮が混じり始めたソニアの問いに、アイザックも少し考えてから頷く。

王城の地下にあった〝完成版〟の魔導具も『聖剣』とされて、現在安置するための博物館建設が進んでいるほどだ。

それより前の所有物である水筒……は半分壊してしまったが、中身の燃料石と洞窟に残っている軍用鞄は、貴重な品で間違いない。

「それだと、反対派の彼らは正《まさ》しく信仰のために立て篭《こ》もっていたことになりますね。あの奇妙な赤髪も、アイザック殿下ではなく初代騎士王陛下を模した証だと言えます。いくらでも言い訳ができそうですよ」

「えええええ……」

ソニアの話に便乗するレナルドに、思わず間抜けな声が出てしまう。

後付けでもっともらしい理由がついてしまったが、それはないとリネットは確信している。

初代騎士王を信仰する硬派な集団だとしたら、あんな自己主張の激しい紹介はしないだろうし、着飾ったグレアムに見惚《みと》れて祠の中身を持っていかれたりしないはずだ。

何より、あの間抜けな姿で騎士王の名を口にして欲しくはない。

「そんなわけないでしょう。レナルドお義兄《にい》様だって、やつらの目的に気付いているのでは？」

「ええ、まあ。もちろん冗談ですよ」

嫌だなと思っていたら、ちゃんとグレアムが止めてくれたようだ。レナルドも本気ではなかったようで、リネットに視線で謝意を伝えてくる。

「私も昨夜の誘い文句を聞いて確信しましたね。いやはや、実に愉快な方々です。……ダメだ、気を抜くとまた笑って……ふふっ」

「まだ彼らが面白いんですか、レナルド様」

いい加減飽《あ》きそうなものだが、彼らの雑な真似っこは今なおレナルドの笑いのツボを刺激し続けているようだ。燃費がいいにもほどがある。

「冗談で済めばいいですが、もし仮に、彼らが初代騎士王陛下の遺品だと気付いていて隠したことになりますと、罪がなお重くなりますよ」

「あっ」

彼らのやりとりに呆《あき》れたように答えたミーナの声を聞いて、またモヤモヤしだしていたリネットの体温がすっと下がる。

アンガスたちがやっていることは、簡単に言えば忘れ物の着服だ。

ただでさえまずいことをしているのに、持ち主が初代騎士王の品となったら、全国民からの非難は免《まぬが》れない。

聖剣を展示した一件からもよくわかるが、この国の人々の騎士王への想いは真実宗教めいているのだから。

「万が一にも今回のことが外に知られてしまったら、私どもではとても止められませんね」

「コナハンの好印象維持のためにも、急いで彼らを止めなきゃ！」

今回の視察は公《おおやけ》にしていないが、有名すぎる〝剣の王太子〟が動いているので、国民はだいたい気付いている。

アイザックに反対行動を起こしただけでも危ういのに、初代騎士王由来の品を着服しようとしていたなんて話になったら、アンガスたちの首は救いようがないだろう。

「リネットたちは戻ったばかりで悪いが、早急に行動を起こそうか」

「お供します！」

アイザックの落ち着いた声に、その場の全員が立ち上がった。

＊　＊　＊

「……ん？」

軍服の上着と剣の装備を整え、皆で屋敷を出てからしばらく。洞窟に近付いてきたところで、建設現場が騒がしいことに気付いた。

職人たちの作業の音だと思いたかったが、残念ながら良い雰囲気ではなさそうだということは、遠目に見ただけでもわかってしまった。

「だからっ、『聖なる祠』の聖遺物がなくなったんだよ！　早く取り戻さないと！」

「いい加減にしろ!!　洞窟で見つかったものはお前たちのものではないと、何度言ったらわかるんだ！」

言い争っている一方は、黒ずくめの青年たち。もう片方は、ガタいのよい職人たちだ。

昨夜の伝言役の青年は職人側に含まれており、普通の服装に着替えた上でしょんぼりと俯いている。頭領の宣言通り、家に戻されて叱《しか》られたようだ。

「ああ、もう気付かれましたか」

水筒を持ち出した張本人のリュカは、のほほんと彼らを眺めている。四つしかない内の一つなのだから、気付かれるのは当然だ。むしろ遅いぐらいである。

（にしても、こっちを泥棒扱いしちゃうのは問題ね）

リネットも勘違いしてしまったが、非が向こうにある以上、糾弾《きゅうだん》を口にするだけで不敬だ。

水筒を持ち出したリュカは、ロッドフォードよりはるかに大国の王子なのだから。

「マジで言ってるのかよ、あいつら……無知って恐ろしいな」

「まあ、僕たちは正体を明かしていませんしね」

震えるグレアムに、リュカはつとめて穏やかに笑っている。ここでリュカを彼らの前に出すのは、ロッドフォードとしては完全に悪手《あくしゅ》だ。

では、あの青年たちをどう止めたものか、と考え始めたところ——リネットの横を、しっぽのような長い髪が駆けていった。

「ごきげんよう、皆。今日も朝から精が出るね！」

「ソニア様⁉」

なんと、彼らの前に出たのはソニアだった。大仰《おおぎょう》だが優雅なふるまいに、職人たちは一瞬驚いたが、すぐに深々と頭を下げる。

「アンタ、きらきらした兄ちゃんの一人……ん？」

対する青年たちは、変わらず怒ったままだが……ふと、何かに気付いたように固まった。

彼ら自身もきらきらしていると認める美貌。そして、その下の服が示す輪郭《りんかく》に。

「え、あれ⁉　アンタ、男じゃない……⁉」

たちまち頬を赤らめる青年たちに、ソニアはにっこりと微笑《ほほえ》みかける。

船乗りのような簡素な男装をしているソニアだが、別に胸を潰したりといった処置はしていない。つまりよく見れば、女性だと誰でもわかるのだ。

……正直、今まで気付かなかった鈍感《どんかん》さのほうが信じがたい。

「改めまして。ボクはソニア・ベラ・マクファーレンだ。せっかくロッドフォードに来ているのだし、現地の意見をぜひ聞かせてもらおう！　さあ、悩みがあるなら教えておくれ」

「マクファーレン……？　もしかして、王女様なのか⁉」

いくら鈍感な彼らでも、家名に国と同じ名を持つことの意味は知っているらしい。赤かった頬を青くしたり、またソニアに見惚れて赤くなったりと忙しい。

「ここはソニア王女が引き受けてくれるようだな」

「あ……」

アイザックの呟《つぶや》きにリネットが彼女を見ると、パチンと片目をつぶって答えてくれる。

頼もしい姿にリネットも頷きを返してから、こちらは洞窟へと向かわせてもらう。念のため全員連れてきた護衛役たちは、ソニアの傍に残るよう指示が飛んだ。

「うわっ⁉」

ほどなくして入口に近付くと、異変はすぐにわかった。黒い壁で閉ざされているだけでなく、なんとも古臭い匂いが周囲に立ち込めているのだ。

粒子こそ目視できないものの、これがグレアムの言っていた『質の悪い魔素』であることはリネットも肌で感じとれる。

「術式が未完成だったから、変な溜まり方をしてこうなったんだろうな。質が悪いというか、湿気《しけ》っているというか」

「よく平気ですね、アイザック殿下」

冷静に検分しているアイザックの後ろでは、グレアムとミーナが青白い顔をして口を押さえている。リネットが不快に感じるほどなので、耐性の低い彼らにはだいぶ応えるようだ。

「薬を飲んでいてもダメそうか？」

「今すぐ倒れたりはしませんが、だいぶ気分が悪いですね」

「ソニア王女は離れてもらって正解だったか。例の薬も、もう少し改善ができそうだな」

アイザックは真面目な顔でそう伝えると、グレアムとミーナ、そして姿の見えない『梟』たちに下がるように手で合図を出した。

二人とも悔しそうに眉を顰《ひそ》めた後、一礼をして去っていく。『梟』も同様だろう。

これで洞窟に入るのは、リネットとアイザックにレナルド。そして、魔術師兄弟の五人だ。

「レナルド。笑いが抑えられなかったら、お前も外に追い出すからな」

「さすがにもう笑いませんよ。この妙な匂いは私でもわかりますから。それより、黒い壁はどうするのですか？　これも一応魔術だと聞きましたが」

軽く肩をすくめたレナルドが、右手を壁に伸ばす。ぺた、と硬くも柔らかくもない音が聞こえるだけで、通り抜けはやはりできないようだ。

アイザックは特に構えるそぶりも見せずに、腰に下げた剣を抜く。

「この程度、わざわざ解呪《かいじゅ》する必要もない」

言うが早いか――刃《やいば》はあっさりと壁を斬り捨てた。

残骸が木の葉のようにヒラヒラと落ち、地面に触れると塵《ちり》になって消えていく。

「そっちの兄弟も、こんな質の悪い魔素で魔術を使いたくないだろう」

「僕たちは自前の燃料石を持参してますので、どうぞお気遣いなく」

「じゃあ、ソレはとっておいてくれ」

アイザックは剣をしまうと、さっと左手をリネットに差し出してきた。……斬り捨てたソレを確認することもなく、ごくごく自然に。

「……なんか、魔術を剣で斬るのも当たり前になってきましたね」

「それがどうかしたか？」

(全く普通のことじゃないんだけどなあ)

きょとんと瞬《またた》く旦那様と、非常識に誰一人驚いていない現状を見て、リネットは積み重ねてきた経験の重さに、ほんの一秒だけ視線を彼方《かなた》へと泳がせる。

……不在のツッコミ役《グレアム》が、早速恋しくなった気がした。

「ッ、お前たちどうやって!?」

少し前に歩いたばかりの洞窟の奥には、のっぺりとした赤髪の男が三人待ち構えていた。

……いや、待っていたというのは語弊《ごへい》だ。中腰で岩の間を覗き回っていた彼らは、侵入者よりも聖遺物探しに集中していたようだったから。

「どうも何も、普通に灯りを頼りに歩いてきただけだぞ」

アイザックの言う通り、道中の蝋燭《ろうそく》は招かれた時のまま、全てに火が入っていた。一部溶け切っていたものもあったが、それを気にする余裕もないほどに慌《あわ》てていたのだろう。

呼吸一つ乱れていないアイザックの姿に、アンガスは傍目《はため》にもわかるほど奥歯を噛《か》み締めて震えていた。

「あっ、後ろのそいつら!」

対峙《たいじ》するべく近寄ってきた残りの二人が、ハッとした顔で指をさす。もちろん相手は魔術師兄弟だ。

「お前たちが我らの聖遺物を盗んだんだな! 今すぐに返……」

「そこまでです」

怒りのまままくしたてる声が、ぴしゃりと遮《さえぎ》られる。

リネットを守るように前に出たレナルドは、彼らを見てももう笑わなかった。

「この洞窟で発見されたものの所有権を主張するならば、その瞬間に貴方《あなた》たちは犯罪者です。頭領から聞かされていたはずですよ」

「……ッ!」

突き付けられる正論に、反対派の三人はぐっと押し黙る。

ということは、彼らはちゃんと知っていたのだ。今やっていることが、着服という罪だと。

その上で、奇跡の力……魔素の詰まったこれらを手放すことができなかった。

(そりゃ、突然不思議な力が使えるようになったら、使いたいわよね)

生憎《あいにく》リネットには魔術の素養はないが、自分の体質を知って以降、それを使えるだけ使っている。できることを試したくなるのは、人の当然の欲求だ。

ただ、それが犯罪になってしまうなら、為政者《いせいしゃ》の妻として止めなければならない。

「……なんで、俺たちばっかり、ダメなんだ……」

アンガスの口から、ぽつりと呟きが落ちる。

それは、祠へ案内していた時よりも、明らかに高く幼い声だった。

「何が、ですか？」

「アンタたちは、軍人になれたんだろっ!?　こんなところにまで、これみよがしに恋人を連れてきやがって！　少しぐらい、俺たちだって特別になってもいいじゃないか!!」

血を吐くような叫び声が、洞窟の中に響いていく。

こちらを睨《にら》みつけるアンガスの目は、涙で膜を張って潤《うる》んでいた。

「俺たちだって、モテたかったんだよ!!」

「────は？」

これこそ核であると。そう力強く発せられた言葉に、シンと空気が静まり返る。

え？　それが一番大事な主張でいいの？

現実を受け止めたくない頭が、考えることを拒絶している。

しかし、リネットの良すぎる目に入ってくるのは、本気でぐすぐすと鼻をすすっている男たちの姿だ。

「……マジで？」

「こら、淑女《しゅくじょ》がマジとか言うんじゃありません」

うっかりグレアムの口調がうつってしまえば、即座に元教師から指摘が入る。

隣のアイザックはポカンとしているが、レナルドも後ろの兄弟も動じた様子はない。

「レナルド様は、知っていたんですか？」

「先ほども話しましたが、昨夜の誘いで私は確信しましたよ。女性だけを招くという辺りで」

「ああ……」

確かにリネットも違和感を覚えたが、単に力が弱く、反抗されても対処できそうだから女性だけを選んだと思っていた。招待後の自己主張の激しさを見ても、きっと承認欲求をこじらせているのだろうなと。

「まさか本当に、ただ女性にモテたいが理由だなんて」

『梟』さんたちはすぐに気付いたみたいだけどね。リネットさんの侍女が急にアイザック殿下とお散歩に出かけさせたのも、君たちが付け入る隙間《すきま》もないぐらいに愛し合っていることを見せつけて、リネットさんに変な目を向けさせないためだよ」

「そうだったんですか!?」

さらりと補足するファビアンに、つい大きな声が出てしまう。

何の作戦かと思ったら、リネットのための行動だったとは。だから招待の際、アイザックと結ばれているリネットはいなくてもいいと言われたのか。

（ミーナ、ありがとう！）

女装のグレアムだけでも充分すぎるほど盾になってくれたが、念には念を入れて動いてくれた『梟』は、正しく忠臣だ。同じ領地の出身として誇らしい。

「なんでだよ……結局、軍人じゃないとダメなのか？　アンタの恋人だって、俺たちと同じことをしてるのに……」

「お、同じこと？」

涙と鼻水の間にこぼれる泣き言に、再度耳を傾《かたむ》ける。アンガスはぐいっと目を一こすりしてから、その手の人差し指をアイザックにまっすぐ向けた。

「アンタの恋人だって、王太子殿下の真似をしてるじゃないか!!　その赤い髪に、格好いい立ち方も、全部俺と同じ真似だろ!!」

「いや、本人だが」

「嘘《うそ》をつくな！　王太子殿下が、こんな田舎《いなか》にいるわけないだろ!!」

「訪問は伝えてあったはずだが……」

アンガスは職人たちの話を真面目に聞いてなかったのだろう。あるいは、尊い人物が王都から離れた村に来るわけがないと思い込んでいるのだ。

何にしても、泣きわめく男たちをしょっぴくのも微妙な絵面《えづら》だ。ひとまず、彼らの激情が落ち着くのを待とうとして、

「——待って、構えて下さい」

リュカの静かな声に、すかさずアイザックとレナルドが柄《つか》に手をかける。

耳を澄《す》ませると、ピシ、パキンと石がぶつかるかすかな物音が周囲から聞こえてきた。

「なに……？」

音は次第《しだい》に大きくなり、地鳴りのように響きながら洞窟を揺らし始める。

けれど、自然な地震とはどうも違う。音の出どころは、明らかに中からだ。

（そういえば、『聖なる祠』はどこにいったの？）

歩いた距離から考えて、朝には祠はこの辺りにあったはずだ。粗末な造りだったので、また組み直して移動したのかもしれないが……どうにも嫌な予感が止まらない。

「リネット、祀られていた軍用鞄の形を覚えているか？」

「え、はい。ちょっとずつ大きさが違う、革製の……」

言いかけて、気付いてしまった。祀られていた鞄は三つあった。

そして、幹部である赤髪の男たちも、三人。

「……ああ」

彼らの黒ずくめの衣装の腰や太ももに、見覚えのあるそれがくくりつけられている。

水筒を失った彼らは、祠を崩して聖遺物を身に着けたのだ。もう奪われないように。

「……使えない人間が持つものじゃないんだけどね。魔導具は」

「どうか、気をつけて」

「リネットを頼む」

兄弟がよく似た表情で、ポケットから小さな宝石を取り出す。

その動きに合わせて、アイザックはリネットの体をトンと後ろへ押し出した。

「アイザック様っ……!?」

「俺たちだって、軍人になりたかったよ!!」

リネットが呼びかけた瞬間、ガラスを叩《たた》き割るような激しい音と共に、洞窟の中に突風が巻き起こった。

「な、なに……!?」

慌てて耳を押さえるが、衝撃は体にぶつかってこない。

はっとして見れば、リネットの左右に立つファビアンとリュカが、石を持つ手を前に出していた。

「わあ、びっくりした」

「魔導具を暴走させてますね。リネット様、お怪我《けが》は？」

「だ、大丈夫です」

視認できないが、多分魔術で壁のようなものを張ってくれているようだ。

周囲には砕けた岩の塊《かたまり》がゴロゴロと転がり落ち、あっという間にリネットの膝《ひざ》ぐらいの高さまで積もっていく。

体にぶつからないので変な感じだが、洞窟が大変なことになっているのは確かだ。

「こんなに崩れた岩が……アイザック様！　レナルド様はっ!?」

「こちらも大丈夫ですよ」

慌てて声を上げれば、思ったよりも近くからレナルドの声が返る。剣を構えているので、それで今の衝撃を凌《しの》ぎきったようだ。

「剣一本で凌げるものなんですね……」

「我々は慣れていますので。殿下も無事ですよ」

くい、と顎《あご》で示された先を見れば、アンガスたちがアイザックに斬りかかっている姿が飛び込んでくる。

「ちょっと、なんてことを!!」

とっさに動こうとするが、すぐまた岩の崩れる音が響いて、リネットは一歩下がる。

それと同時に、鈍い鉄同士がぶつかって火花をあげた。

(アイザック様が、素人《しろうと》に煩わされるはずもないけど……!)

決死の形相《ぎょうそう》で打ち込んでくるアンガスたち三人に対して、一人で受け流しているアイザックは余裕すらある。

実力の差は圧倒的だが……場所が悪すぎる。

「ッ……!」

魔導具を暴走させている張本人の彼らが動く度《たび》に、地面が揺れて周囲の岩壁に亀裂《きれつ》を走らせる。まっすぐ立つことも難しい中で、長剣などふれたものではない。

おまけに、それほど大きくもない洞窟の中だ。上背《うわぜい》のあるアイザックは、ただでさえ動きが制限されてしまう。

だというのに、

「大丈夫か」

「くそ！　うるさい!!」

アイザックは片手で攻撃を受けながら、もう一方の手で倒れないように体を引き起こした。

体勢を直した相手が、すぐ様刃を向けてくるとわかっているのに、だ。

「以前もそうだったけど、アイザック殿下は自分がどれだけ不利にされても、救える国民には刃を向けないんだね」

「あの時とは、状況が違います……！」

苦笑と共にファビアンが指摘したのは、恐らく潜伏魔術師たちに操られた者と戦った時の話だ。リネットは城にいなかったので見ていないが、全力で襲ってくる民を訓練用の剣でいなしたと聞いている。

（あの時に襲ってきた人たちは、操られていて自我がなかった。でも、この人たちは自分の意思でアイザック様に刃物を向けている）

たとえ、傍から見たら実力差がありすぎて訓練にも見えない状況だとしても、アイザックは〝彼らが怪我をしないように〟気を配って戦っている。

崩れた岩が、アイザックに当たることになっても。

「くそっ……お前みたいなできるやつに、俺たちの気持ちがわかるかよ!!」

アンガスの叫びと共に魔導具から濁った魔素が供給され、洞窟の揺れはさらに激しさを増していく。

亀裂はますます大きくなって、ついには天井にあたる部分に大きな穴を開けてしまった。

「アイザック様！」

こんな様子では、いつ崩落してもおかしくない。魔術の壁越しに必死に呼びかけるも、アイ

ザックは自分の安全を確保するより、アンガスたちを止めることを優先しているようだ。

崩れた穴から差し込む外の光が、場違いなほどきれいにアイザックに降り注ぐ。

——それはまるで、舞台の上で選ばれた主役にのみ向けられる、栄光の照明のように。

「なんだよクソッ！　なんでアンタばっかり、そんなに格好いいんだよ!!」

アンガスも光の下へ飛び出すように斬りかかるが、本物の赤髪と彼らの偽物の赤とでは、美しさも雲泥《うんでい》の差がある。

誰が見ても明らかな敗北に、選ばれなかった彼らは慟哭《どうこく》のような大きな声を張り上げた。

「ああ、もう！　リネットさんはその中にいて下さいね！」

アイザックのもとへ駆けて行くレナルドの後ろ姿も、どんどん勢いを増していく砂煙の向こうへすぐに隠れてしまった。

かろうじて彼らの影を浮かび上がらせるものの、上から降り続ける洞窟の残骸が、リネットの良すぎる目すら遮ってくる。

(大して戦えるわけでもない私が飛び出したところで、足手まといになるのはわかってる。だけど、こんなふざけたやりとりを見てるだけなんて)

心がささくれて、ぎゅっと強く拳《こぶし》を握り締める。

「いらないと思うけど、援護しようか？」

「……いえ、大丈夫です」

魔術で守ってくれているファビアンは、口調も動きも全く動じていない。岩がぶつかる音の後ろで聞こえる剣戟《けんげき》は激しさを増しているが、アイザックが負けるわけがないと確信しているのだ。

（そりゃ、アイザック様が負けるわけがないのもわかってるけど）

彼らはもっと大変な戦場を、何度もくぐり抜けている。リネットだって同行して、その雄姿《ゆうし》を見届けてきた。

（だけど、今回は戦う相手が違うでしょう！）

今剣を向けてきているのは、アイザックの民だ。しかも、アイザックへの憧れをこじらせた挙句《あげく》、幼稚な訴《うった》えをしてくる者に……どうしてこちらが煩わされなければならないのか。

「人を、八つ当たりに巻き込むんじゃないわよ……」

「リネットさん？」

こちらは彼らを思いやり、犯罪者にしないように動いているというのに。

そのアイザックに向かって岩をぶつけ、刃を向けるとは何事か。

「いい加減にしなさい!!　このお子様ども!!」

リネットが腹から声を張り上げた瞬間、洞窟を震わせていた魔術は、ピタリと止まった。

「リネット……?」

岩崩れが起こしていた煙が晴れれば、平然と剣を構えているアイザックと、顔をぐしゃぐしゃにしながら立ちすくむアンガスたちが見える。

全員無傷。どちらが押していたかなど一目瞭然《いちもくりょうぜん》だが、そういう話ではない。

「グズグズぐだぐだと人の旦那様の優しさに甘えて、恥ずかしいと思わないの貴方たち!」

魔術師兄弟が張っていてくれた壁を抜けて、わざと足音を立てながら近付いていく。「ヒッ」と小さく悲鳴が上がった気がしたが、知ったことか。

「ア、アンタにわかるもんか……どれだけ頑張ったって勝てない、王太子殿下と比べられ続けた俺たちの気持ちなんか……」

「ええ、わからないと思うわ。でも言ってみなさいよ! それが、私の旦那様に剣を向ける理由だというのなら!」

ダンッと地面を強く踏めば、彼らは持っていた剣を取り落とした。リネットごときに怯《おび》えるような者が軍人になれるはずもないが、『いいから話せ』と強く睨む。

——曰《いわ》く、彼らは元は王都に住んでいた剣士であり、アイザックと同年代なのだそうだ。

ロッドフォードは『剣の王国』と称されるほど剣技を修めている者が多い。が、それを本職とした軍人になれるのは、ごく一部の者だけ。

マクファーレンやエルヴェシウスで多少魔術が使えても『魔術師』にはなれないのと同じで

ある。

アンガスたちも軍入りを目指して訓練を重ねたものの、なかなか努力は実らず、同期たちには置いていかれる日々。

その上、同じ年代に後に〝剣の王太子〟と呼ばれるアイザックがいたせいで、剣士としては完全に心を折られてしまったのだ。

嫉妬《しっと》だとわかっていても『軍人』を羨《うらや》み妬《ねた》む気持ちは留《とど》まらず、逃げるように王都を離れて辿りついたのが、土木や建築業の職人が多いこのコナハンの村だった。

幸い体を鍛えていたので力仕事に従事するのは苦ではなかったが……それでもずっと軍人になりたかった、剣で生きたかったという気持ちは心に燻《くすぶ》り続けていた。

「……そんな生活の中で鞄を見つけてしまい、奇跡の力だなんだと言っていたんだな」

アイザックの確認に、三人は力なく頷く。

「俺たちも、特別になれる機会が巡ってきたんだって思ったんだ……だって、ずるいじゃないか、王太子殿下は」

俯いた彼の頬から、再びボロボロと涙がこぼれ落ちていく。

「高貴な生まれで、格好良くて、剣も強くて……しかも王族なのに、素敵なお嫁さんとは大恋愛での結婚だって言ってた。こんなの、おとぎ話の英雄そのものじゃないか。何もかも持っていて、恵まれていて、ずるい……」

「俺たちだって、王太子殿下みたいになりたいって、ずっと思ってた……そうしたら、この聖遺物が『選ばれた証』をくれたんだ……」

「証って、もしかしてその微妙な……んんっ、赤い髪のことですか？」

一瞬笑いかけたレナルドが訊ねると、三人は揃《そろ》って頷く。彼らにとって、アイザックの燃えるような赤い髪は、英雄の証に見えていたのだろう。

だからこそ、鞄や水筒に入っていた魔素を使い、真っ先に起こした奇跡……魔術は、髪を赤く染め上げることだったのだ。

アイザックの色として赤いドレスを好むリネットにも、その憧れはよくわかる。けれど、彼らの一方的な主張を肯定する気は、やはり起こらなかった。

「――貴方たち、食べるものがなくて、野山に生える草を選別したことはある？」

「え？」

リネットの低い問いかけに、彼らだけでなくアイザックたちも疑問の声を上げる。

「私はね、そういう貧乏な領の出身なの。女だけど狩りにも出ていたわ。それで、王城に行儀《ぎょうぎ》見習いに出てもお嬢様たちとは合わなくて、お掃除《そうじ》女中に左遷《させん》されたりしてた」

「は、はあ……」

「今だって、必要なら男装もするし、雪山も登るし、洞窟で暴走している男たちの前に、啖呵《たんか》を切って飛び出たりもするわよ」

リネットが淡々と語る事実に、アンガスたちは意味がわからないと首をかしげる。ずっと流れていた涙も止まったようだ。

「王太子殿下と大恋愛の末に結婚した素敵なお嫁さん、こんな私だけど羨ましい？」

「――はい？」

彼らの呆《ほう》けた声に、何故か後ろにいたファビアンとリュカが吹き出した。

どんな反応をされようとも、全てリネットの真実だ。

「だいたい、貴方たちがおとぎ話の英雄だって褒め称《たた》えるアイザック様だって、散々な人生を送ってるのよ？　幼い頃に変態魔女に目をつけられたせいで女性が近付けなくなるし、そのせいで、子どもを残さなきゃいけないのに同性愛疑惑を噂《うわさ》されるし。聞いたことあるでしょう？今も王太子殿下の直属部隊は、全員がたいのいい男だけだからね」

「ア、ハイ」

すっかり覚めた顔つきになったアンガスたちは、「なんか具体的だな」などと囁《ささや》き合っている。口を押さえて笑っていた兄弟には、いつの間にかレナルドが合流していた。

「軍の仕事だけでも一日かかるのに、有名税みたいに机仕事まで押し付けられて、毎日毎日山のような書類を片付けないと自室にも戻れない。それなのに、心を癒《いや》してくれるはずの奥さんは、絶世の美女でもなんでもないコレよ？　貴方たちが見惚れてた深窓《しんそう》の令嬢じゃなくて、こっちが奥さんなの。可哀想だと思わない？」

「妻に関しては、俺が幸せだから全く問題ないぞ」

わざとらしくため息をついたところで、アイザック本人から訂正が入り、彼らの顔が一瞬曇る。が、すぐに朝に会ったグレアムの姿を思い出したのか「確かにあっちのがいい……」などと呟いた。

「ちなみに、あのご令嬢男だし、女装した私の兄さんだけどね」

「えっ⁉」

「あと、そこで笑ってる軍人さんは公爵家のご令息だけど、肉食なご令嬢しか寄ってこないせいで婚活不信よ」

「私に飛び火しないでくれません⁉」

「まだ聞く？」

思いつく限り語り続けるリネットに、彼らの顔はすっかり血色をなくしている。弱々しくなった姿を見られて、ようやく溜飲《りゅういん》が下がった気がした。

「理想を抱《いだ》くのも、憧れを抱くのも結構よ。だけど、知りもしないくせに決めつけないで。アイザック様は、ずっと苦労してここまで頑張ってきた、私たちと同じ人間なの。特別だとか選ばれたとか、そんな言葉でこの人の努力を否定しないで！」

「………」

そこまで言い切ったところで、リネットの体はぺたんと座り込んでしまった。

張りつめていた気持ちが解《ほど》けたせいなのか、心臓は今にも壊れそうなほどに脈を打っていて、肩や腕も震えが止まらない。

「リネット」

ぽん、と背中に添えられた手に、吸い込まれるようにもたれかかってしまう。

「ごめんなさい」と伝えた言葉は、ちゃんと声になっていただろうか。

＊　＊　＊

緊張の糸が切れて気絶したリネットを抱え、アイザックはほっと息をこぼす。

淑女としては落第だが、夫のために声を張り上げて怒ったリネットは、やはりこの人の唯一無二の妻だと、レナルドまで嬉しくなってしまった。

「まくしたてて悪かったな。だが、彼女が言ったのはだいたい本当のことだ」

アイザックが声をかけると、三人はびくりと震え上がって身を寄せ合う。自信満々に意見をしてきた時とは、別人のようだ。

「軍部に入れなかったことは残念だったな。だが、このコナハンは職人の地として有名な場所だと聞いた。王家がじきじきに依頼をするのだから間違いないはずだ。お前たちも無事に勤められているのだから、その技術は誇りを持ってくれ」

「あ、俺たちは……その」

視線をさ迷わせつつ、最後には俯いてしまうのは自信がない者の特徴だ。

傍若無人《ぼうじゃくぶじん》にふるまっていたのもきっと反動であり、本来の彼らの性格はこちらなのだろう。

「皆が剣をふるっていても、国は成り立たない。俺は、支えてくれる全ての職の民を守りたいし、信じている」

「貴方様は……王太子、殿下……なのですね……」

アンガスたちは身につけていた革鞄を取り外すと、自分たちの前に丁寧に差し出し、そのまま地面に額《ぬか》ずいた。

罪は自覚しているようなので、これなら捕縛をする必要もないはずだ。

「ああ……こっちにも同じ術式が組まれてますね。水筒と同じです。回収します？」

いつの間にか笑いから戻ってきたファビアンが、さっと鞄を確認してから提案してくる。魔術がかかわる時の彼は、本職軍人をもってしても驚かされる行動力だ。

「回収しよう。ただ、不完全な術式は発動しないように止めたいな。こんな質の悪い魔素を溜められても、何の役にも立たない」

「違いないです。初心者さんの暴走には一役買いましたけどね」

　ファビアンは自分の上着の裾《すそ》にささっと鞄をくるむと、「先に行きます」と笑いながら洞窟から去っていった。任せるには最適の人物なので、あちらは心配ないと思われる。

「あの」

　そんな兄を見送ったリュカは、額ずく三人の近くにしゃがみこんで声をかけた。

「今回はこういう結果になりましたが、貴方がたに魔術師としての素質があるのは確かです。もしこちらの道を志《こころざ》すのであれば、協力しますよ？」

「魔術師、ですか？」

　ゆっくりと頭を上げた三人は、そっと顔を見合わせる。

　今回は意図せぬ暴走として発動したが、素質があるのは疑いようがない事実でもある。

　思いの力だけで髪を染めたり壁を作ったりできたのだから、ちゃんとした魔素と技術さえあれば、それなりの魔術師になれるかもしれない。

「……いいえ。俺たちは、ここで職人としての技術を磨きます」

　しかし、少し待って彼らが出した答えは、否《いな》だった。

「ここで行っていた奇跡のような力を、もっと沢山《たくさん》使えるかもしれませんよ？」

「そうかもしれません。ですが、俺たちはこの国が好きなので。剣でお仕えすることはできなくても、立派な建物を造って貢献できるように努めたいと思います」

「……そうですか」

弱々しいながらも目の奥に決意を宿す彼らに、リュカは少しだけ残念そうに苦笑を浮かべる。

「では、気が変わったらいつでもどうぞ。僕はエルヴェシウス王国第六王子、リュカ・アルバン・エルヴェシウスと申します」

「え――ええっ⁉」

にこりと最後にまた微笑んだリュカは、さっと立ち上がると兄を追って去っていった。

残された彼らの顔は、すっかり色を失って白くなっている。エルヴェシウスという国の名を知らずとも、わざわざ王子だと名乗られれば立場はわかったはずだ。

「意地がいいのか悪いのか」

アイザックも苦笑を浮かべてから、腕に力を込める。眠っている人間は重いと聞くが、この人が最愛の妻を落とすことはまずないだろう。

彼女をしっかりと抱き締め直すと、揺らさないように慎重に歩を進めていく。

魔術の暴走によって崩れた天井からは、彼ら夫婦を見送るように光が差し込み、火を灯《とも》す蝋燭よりもずっと明るい。

(……さてと。では、私もするべきことをしますか)

「動けますか?」

なるべく優しく声をかければ、アンガスはハッと意識をこちらへ戻す。

戸惑っているようにも見えるが、これでもレナルドだって剣一本で彼らの〝奇跡の力〟をいなした実力者だ。怯えられることはあっても、見くびられることはないはずだ。

「す、すぐに立ちます。すみません！」

予想通りアンガスが大急ぎで身を起こすと、仲間たちも続いて起き上がる。

柔らかな日の中を去っていったアイザックの後ろ姿は、すっかり見えなくなっていた。

「そういえば私も名乗っていませんでしたね。アイザック殿下の側近《そっきん》を務めております、レナルド・ブライトンです」

「お、王太子殿下の側近様！」

三人はまたひれ伏さんばかりに腰を折って、頭を下げる。「楽にして下さい」と止めれば、所在なさげに視線をさ迷わせた。

やはり彼らは万能感に一時的に酔っていただけで、根は臆病な人種らしい。

「……貴方がたが叫んでいた羨ましいという気持ち、私にも少しわかりますよ」

だからこそ、そっと、内緒話をするような小さな声で囁く。

「私もずっと年下の男に仕えてきましたからね。しかも、何をやらせても自分よりも優れているのです。嫉妬をした記憶もありますし、殿下になりたいと思ったこともありますよ」

殿下には秘密ですよ、と付け加えて、苦笑する。

口にしたことは真実だ。レナルドだってただの人間なのだから、思うところはあった。

……もっとも、もう過去の話ではあるが。

「でも、私は私であって、それは決して変わりません。むしろ、私がこうであるからこそ、今の殿下があるのだと思ったら……私が殿下に成り代わった世界は理想とは違いますし、求めた未来も崩れるでしょう。なので、殿下を支える立場の私に、価値を見出《みいだ》しました」

一度目を閉じてから、ゆっくりと天井を仰ぐ。穴が空いて、太陽の光が差すようになった、明るい天井を。

「貴方がたも、不本意だと思うことはあるでしょう。また誰かに成り代わりたいと思うこともあるかもしれません。でも、貴方がたが最善を尽くしてくれることでしか得られない、素晴らしい未来があることも覚えておいて下さい。命に代わりなどいません。貴方がたには、貴方がたの価値が必ずある」

ゆっくりとふり返ると、三人はまたボロボロと大粒の涙を流していた。

暴れていた間に散々泣いていたのに、まだ涙が残っていたのは驚きだ。

「貴方様がたにお会いできて、我々は光栄でした……」

「どういたしまして。ですが、作業を遅らせた分は償ってもらいますので、そのおつもりで。私は殿下のように甘くはありませんよ」

「え」

『天使のようだ』と称される笑みを意図的に浮かべながら、パンと用箋《ようせん》ばさみを叩く。

レナルドのやるべきことは、彼らを慰めることではなく、本題はこっちだ。何せ、あの王太子殿下は強いくせに民に甘すぎるので。

こういう厳しい役を務めるレナルドのような者がいるからこそ、彼の周囲は正常に機能していると自負している。

「はは……王太子殿下は、本当にお一人で英雄だったわけではないのですね」

「当然です」

自信を持って答えれば、彼らは均一に染まった髪をぐしゃりとかき上げた。己の髪だというのに、ひどく重そうに。

(そう、殿下の背負う〝赤〟は、貴方たちが真似できるような軽いものではないのですよ)

だからこそ、自分や部下たち、そしてリネットがいる。

面倒な騒動ではあったが、これからもかかわる新しい土地との交流の一環だと思えば、何ということはない。マクファーレンや魔術師たちとの問題のほうがよほど骨が折れた。

「観光地事業も、上手《うま》くいきそうで何よりです」

差し込む光に未来の成功を見出しながら、レナルドはもう一度、用箋ばさみを鳴らした。

＊　＊　＊

（……やってしまったわ）

意識を取り戻したリネットが目を開けるよりも先に抱いたのは、激しい後悔だった。

屋敷にいる時にも気が高ぶっている自覚はあったが、まさか大声で文句をぶつけてしまうとは思わなかった。

ブライトン公爵夫人が聞いたら、卒倒してしまいそうな大失態だ。淑女としてももちろん、王太子妃として、アレはない。

「……リネット？」

「っ！」

耳のすぐ傍で名前を呼ばれて、反射で瞼《まぶた》を開く。

飛び込んでくるのは、きょとんとした様子の近すぎるアイザックの顔。そして、彼を柔らかく照らす太陽の光だ。

「あれ、ここ……」

「洞窟の外だ。気を失ってしまったんだが、体は大丈夫か？」

優しい旦那様の声に、直前の記憶が蘇《よみがえ》る。言いたいだけ言って気絶してしまうなんて、これではリネットも子どもだ。アンガスたちのことは言えない。

「す、すみません！　しかも私、今抱っこされてます⁉」

「そうだな。重くないから降りる必要はないぞ」

アイザックの体温が近いと思ったら、横抱きで運ばれている真っ最中だったらしい。すぐに降りようとするものの、抱いている本人に止められてしまう。

「本当にすみません……私、王太子妃として口にするべきじゃないことも沢山言ってしまって。責任者なのに、なんとお詫《わ》びをしたらよいか」

後悔にさらに色々が重なって、開いた瞼をまた閉じてしまう。コナハンが眩《まぶ》しくて美しいからこそ、余計に景色を見ると凹《へこ》みそうだ。

国王からこんなに素敵な場所を託されたのに、株を下げるような行動をするなんて。

「何故リネットが詫びるんだ？」

落ち込むリネットとは逆に、アイザックは外の明るさに負けないぐらいの晴れやかな声で問いかけてくる。こつんと触れた頭から、髪が交ざり合う音がする。

「俺は嬉しかったぞ。リネットが俺のために怒ってくれて」

「で、でも……あんな怒り方は、淑女らしくないです。王太子妃として来ているのに……」

「リネット」

遮るように名を呼ばれたと思えば、額《ひたい》に柔らかな感触が落ちる。そっと目を開くと、それがアイザックの唇だとわかった。

「ア、アイザック様……」

「リネットらしい王太子妃になって欲しいと、伝えたはずだぞ。だからこそ、お前はこの地を歩いて周りやすいように、ドレスを持たずに来てくれたんだろう?」

「あ……」

確かに今回、町娘にしか見えなくなるとしても、リネットは『実際に歩いてコナハンを見ること』を優先した。それが正しかったとも思っている。

(でも、言われてみたら淑女らしくはないわね)

貴族の令嬢でも、支度《したく》には長い時間をかける者が多い。ミーナはとんでもなく有能だが、専属侍女が一人だけというのも、きっと考えられないことだろう。

「でも、それと言ってしまったことと、関係は……」

「大いにあるぞ。リネットは上の者として罰するのではなく、間違ったことをやつらの高さの視点に立って〝叱って〟やったんだ。最初から王族に生まれてしまった俺では、あんなわかりやすい怒り方はできない」

「……褒められてます?」

「もちろん」

くすくすと笑いながら、アイザックの唇が何度も額に触れては離れてを繰り返す。

くすぐったさに身をよじれば、ますます強く抱き締められてしまった。

「本気で怒ってくれて、ありがとうリネット。お前が俺の妻で、本当によかった」

「こちら、こそ」

「ああ」

アイザックのその言葉こそ、リネットにとっては何よりの賞賛だ。

一般的に見て大失敗だったことでも、それが彼と彼の守る民が喜ぶ結果だったのなら、嬉しく感じてしまう。

「いや、ちゃんと反省はしますけどね」

「そうだな。そしてこれを、俺たちの事業に活《い》かしていこう。きっと上手くいく」

「……はい」

そっと視線を上げると、瑞々《みずみず》しい緑が飛び込んでくる。

間もなく夏を迎える景色は、落ち込む気持ちを吹き飛ばすように心地よく、美しかった。

終章　全ての人に祝福を

アンガスたちの反対活動がなくなった現場は、驚くほどの勢いで作業の巻き返しを始めた。

件《くだん》の洞窟《どうくつ》もファビアンとリュカの兄弟が再度調査をした上で問題なしと判断し、早々に催事場のための礎《いしずえ》になっている。

もっとも、アイザックと対峙《たいじ》した際に彼らがかなり壊していたので、建設現場でなかったとしても何日ももたなかったと思われるが。

そんなわけで、憂いのなくなったコナハンの職人たちが近隣の町村の人々にも協力をもちかけてみたところ、『王家主導の事業に参加できるなら』とどこも大層乗り気で参加してくれたそうだ。

もともと優れた職人が集まっていたが、さらに多くの分野の人間が加わり、事業のための工事というよりは大きな祭りを催《もよお》しているような賑《にぎ》やかさになったと聞いている。

伝聞なのは、リネットたち一行がずっとコナハンにいられたわけではないからだ。

王太子であるアイザックとソニアが多忙なのはもちろん、他の者たちも決して手が空いているわけではない。洞窟が平らにされるまでの数日は滞在できたが、以降は一度王都へ戻《もど》らなければならなかったのだ。

とはいえ、事業の責任者である以上、一度きりの視察で終わるわけもなく。

職人たちには定期的な報告をお願いした上で、リネットたちも時間を作ってはコナハンを訪れる生活がしばらく続くことになった。

公務との並行はもちろん簡単な仕事ではなかったものの、少しずつ完成していく建物や、人員が増えたことでより完成度を増していく食事を見れば、その程度の苦労はいくらでも乗り越えられた。

蕾《つぼみ》が開くのを待つような、わくわくした日々は涼しい夏をすぎても続き――山々の葉が紅に染まる季節を迎える頃、ようやく最初の催事を迎えることになった。

「ついにこの日がやってきたわね……！」

すっかり通い慣れた道を、馬車で走らせること六日。

行列と呼べるほどの大所帯となった一行は、昨日から無事にコナハンの地に到着し、今日の記念すべき日のために準備を進めていた。

宿泊場所は今まで借りていた迎賓館《げいひんかん》めいた屋敷ではなく、一足先に完成していた正規の宿泊所だ。

木目が映える温かな意匠《いしょう》ながらも、室内は天井も高く広々とした空間を作っており、家具なども最新の物を揃《そろ》えている。

また、マクファーレンが協力してくれたことで、わずかではあるが各客間で魔力を用いた便利道具も使えるようになっている。

用途は明かりを灯《とも》したり、湯を沸かすのに使ったりという簡単なものばかりだが、それらを当たり前に使っている他国の者からしたら、生活水準が変わらないのは大事なことだ。

ただ、ロッドフォードの空気には魔素がないので、訪問前にたっぷり魔力を蓄えてきてもらうか、有料で燃料石を借りるかになっている。便利道具を使わずとも時間をかければできることなので、その辺りはお好みといったところだ。

「とっても良いお部屋ができましたね。国内でこんなに素敵な宿に泊まれるとは思いませんでした」

「ソニア様にもご協力いただいて、他の国の良いところをふんだんに取り入れたからね」

リネットの支度《したく》の手伝いとしてついてきてくれたミーナも、きらきらした嬉《うれ》しそうな表情で昨夜の宿泊体験を語っている。今日ももう一泊する予定なので、先行体験者としてぜひ詳《くわ》しい感想を皆に伝えてもらいたいものだ。

「各地で早速話題になっているみたいですよ。ロッドフォード初の観光地というのはもちろんですが、風光明媚《めいび》な景色が楽しめる憩《いこ》いの地として、予約も殺到しているそうですね」

「ありがたいお話だわ。今日の参列者の皆が、また良い話題を提供してくれることを願って、私たちもやれるだけのことをしましょう」

「はい！」

本当は夏の避暑地として解禁できれば最適だったのだが、着手時期から考えても難しいため、来年以降の楽しみと考えている。

それに、今の季節にしか見られない赤く染まった山々も素晴らしいものだ。また、収穫期である今の時期は食事が一番美味《おい》しいので、他国からの訪問者には山の恵みを堪能《たんのう》してもらいたいと思っている。

とはいえ、全ては今日、これから始まる一大行事――観光地としての営業開始記念も兼ねた、マテウスとシャノンの結婚式を成功させてから、だ。

「私、実は貴族の結婚式に出るのは初めてなのよね」

「私たちもリネット様の挙式が初めてでしたよ。といっても、我々は正規の客ではなく『梟《ふくろう》』として控《ひか》えていただけでしたが」

「じゃあミーナも今日が初めての参列かしら？」

「どうでしょう。今日もあくまで控えですから」

侍女や護衛といった役職の人々は、どうしても参列者たちより少し離れた場所での待機になる。これには我儘《わがまま》も言えないので仕方ないが、せめて記念すべき日の会場は楽しんでもらえたらいいと願う。

「はい、お待たせしましたリネット様」

「ありがとう」

最後の髪型を整えて、ミーナがすっと一歩離れる。

全身が見える姿見に映っているのは、見た目だけは淑女《しゅくじょ》らしく着飾った王太子妃リネットだ。中身に変わりはないのに、毎度ながらミーナたちの変身技術には驚いてしまう。

今日のドレスは蘭《らん》の花色を基調とした落ち着いた意匠のものだ。裾《すそ》の膨らみも控えめに抑え、レース飾りと布の流れだけで美しさを魅《み》せる、少々上級者向けの一着でもある。

(本当は今日も赤いドレスを着たかったけど)

今日の赤はアイザックと新郎であるマテウスの色だ。事業の責任者として地味すぎても困るけれど、主役の二人に対抗するような派手な衣装もよろしくない。

ということで、かなり大人《おとな》しい装《よそお》いになっているが、結い上げた髪の下には代わりとばかりに豪奢《ごうしゃ》なネックレスを着けている。王太子妃としては相応《ふさわ》しいものの、リネットとしてはかなり緊張する仕上がりだ。

「どうしよう……緊張で笑顔が強張《こわば》ったりしてないかしら」

「大丈夫ですよ。そろそろ装飾品にも慣れていただかないと、威厳にかかわりますから」

「善処するわ」

元貧乏令嬢には悲鳴が出そうな話だが、アイザックと並ぶために必要だと言われれば頑張るしかない。それに、今日はコナハンの皆にちゃんとした姿を見せたいとも思っている。

（工事現場を覗《のぞ》いたりするから、結局最後まで簡素な服で視察に来たものね）

何を着ていても気品が溢《あふ》れるアイザックたちとは違い、リネットはどう見ても町娘と変わらなかったはずだ。今日こそは彼らに、ちゃんと自分が王太子妃なのだと証明したい。

「リネット、準備はできたか？」

そんなリネットの気持ちを見計らったかのように、扉が叩《たた》かれる。

すぐにミーナが応えると、立っていたのは装飾が多い式典用軍服を身に着けた最愛の旦那様だった。

「おお、やっぱり女性の盛装は見ていて嬉しくなるな。とてもきれいだ」

「ありがとうございます！　アイザック様は、いついかなる時でも素敵ですね」

「それは褒めすぎだ」

アイザックは深紅《しんく》の外套《がいとう》を翻《ひるがえ》すと、颯爽《さっそう》とリネットに歩み寄り、左手の甲に唇を落とす。

流れるような動作に、心は落ち着くどころか余計に鼓動が速くなる。今日の自分たちは新しい夫婦を送り出す立場なのに、困ったものだ。

「今の内に新郎新婦に挨拶《あいさつ》に行っておこう。式が始まったら、忙しくてゆっくり話す時間は夜までなさそうだからな」

「そ、そうですね。一応夫婦としては、私たちが先輩ですからね！」

ときめく胸を押さえつつ、なんとか平静を装う。いつまで経《た》っても新婚のような耐性のなさに我ながら笑ってしまうものの、いつまでも旦那様を好きでいられるのは幸せなことだ。

（挙式する二人も、ずっと幸せでいて欲しいな。……いや、私がわざわざ言うまでもないか）

本日の花嫁の顔を思い出して、無駄《むだ》な心配だと笑う。彼らは間違いなく幸せになれる恋人同士だ。リネットが願うまでもない。

「……わ、いい天気ですね」

アイザックにエスコートされて外に出ると、秋のからりとした青空が広がっていた。

天候の変わりやすい季節ともいわれるが、今日の空には雲もほとんどなく、赤い木々との対比がますます美しい。

「初めて視察に来た頃の緑もきれいでしたけど、今の紅葉も素敵ですね」

「そうだな。天候にも恵まれたおかげで、一番いい景色を楽しんでもらえそうだ」

コナハンは季節ごとに違う顔を見せてくれるので、何度でも訪れたくなってしまう。

宿泊所から催事場までの小道も、周囲の木々はそのままで土道だけを石畳で舗装《ほそう》したので、より散歩に行きやすくなったようだ。

「式の関係が全部終わったら、湖まで散歩に出てもいいな。コテージはまだ準備中だが、小舟のほうは一応乗れるそうだぞ」

「本当ですか！　それなら、新郎新婦に乗ってもらってもいいかもしれませんね」

　貸出し関係が整っていないと聞いていたので式の予定には組み込んでいないが、今日の客人たちなら新しい試《こころ》みに賛成してくれる者も多いだろう。

「と、着いたな」

　はっと気がつけば、視界いっぱいに大きな建物が飛び込んでくる。

　温かみのある色合いでありながら、どこか厳《おごそ》かな雰囲気を漂《ただよ》わせるここが、コナハンの二つ目の目玉建物となる催事場だ。

　外観は薄い橙色《だいだいいろ》の煉瓦《れんが》造りで、こちらも高さは二階までだが横に広く、式場と披露宴会場の両方を敷地内に有している。

　要所要所で柱や梁《はり》、筋交《すじか》いなどの構造材を外側から見えるようにしており、そうしてできた模様がまた洒落《しゃれ》ている。大きくとられた窓は、ほとんどがステンドグラスだ。

「何度見てもお洒落ですね……」

「ああ。ここに例の洞窟があったなんて信じられないな」

　地面はきっちりと均《なら》されて、今はどこにあの『聖なる祠《ほこら》』があったのかもわからない。

　馬車のまま入れる広々とした通路には、今日到着したであろう参列客が、列を成《な》して並んでいた。

「さて、では新郎新婦にそれぞれ挨拶に行くか」

「はい！」

支度に時間のかかる彼らは、早朝から控室に入っている。家族も一緒にいるので、今は思い出話や最後の心構えをしていることだろう。

リネットたちとしても、協力者の彼らには穏やかな気持ちで式に臨《のぞ》んでもらいたいところだが――。

「……ん？」

控室のある廊下まで進んできたところ、二人の視界に妙なものが飛び込んできた。

比較的広めに間隔を空けた控室は、この廊下だけで四つ。式の前は家族の込み入った話をするかもしれないことを考えて、両端を新郎新婦に、隣り合う部屋をそれぞれの家族が使って準備をしている。

その右端の『マテウス様』と名札を掲《かか》げた扉の前に、何故《なぜ》か白い塊《かたまり》が蹲《うずくま》っているのだ。

よく見ると扉も少し開いている。体勢から考えると覗きの類《たぐい》だと思われるのだが……リネットもアイザックも、その塊の後ろ姿、特に青みの強い黒髪にとても見覚えがあった。

「えっと……何してらっしゃるんですか、シャノン様」

「あら」

信じたくないと思いつつも呼びかければ、やはりその人物は本日の主役でもある新婦のシャノンだった。

しかし、白い頬《ほお》は薔薇《ばら》色に染まり、翡翠《ひすい》の瞳には涙の膜が張っている。

「えっ泣いてる!?　な、何か不備がありましたか!?」

彼女がいた場所も意外だったが、泣いているのも想定外で慌《あわ》ててリネットは駆け寄る。

結婚式に感涙《かんるい》はつきものだが、さすがに泣くには早すぎるはずだ。

（しかも、ご家族とお話ししてるならまだしも、新郎の控室の前って）

これはまさか、マテウスと何かあったかと彼女の肩に触れたところで、シャノンはゆるゆると首を横にふった。

「ご心配をおかけして申し訳ございません、リネット様。これは違うのです。皆さんとても丁寧な対応をして下さるので、不備もありませんわ」

「それなら、どうして涙が……」

リネットが問う間にも、透明な雫《しずく》が頬を伝い落ちていく。嘘《うそ》でもなんでもなく、彼女は泣いているのだ。

この催事場の事業責任者として、また相談役を頼んでいる王太子妃としても、無視できることではない。

「どうか話して下さいシャノン様。私にできることでしたら、なんでも協力しますから」

「いえ、本当に違うのです」

白魚《しらうお》のような指先が、再度溢れた涙を拭《ぬぐ》っていく、控えめに浮かんだ微笑は、シャノンの儚《はかな》さを一層際立てているが……ふいに、その目が扉の先へと向けられた。

「不備も問題も何も……ただ、今日のマテウス様があまりにも素敵だったものですから……つい感動の涙が！」

「…………あ、ああ」

なんだいつものか、とアイザックが呟《つぶや》いた声がかすかに聞こえる。

そのように見えただけかと思いきや、シャノンは本当に覗きをしていたらしい。

「えーと、これから結婚されるんですよね？　何故わざわざ覗く必要が？　普通に話しかけてもいいと思うのですが」

「世間一般的にはそうだと思いますが、相手はマテウス様ですもの！　心の準備が必要ですわ。それで、あの方の美しさに見惚《みと》れて式が滞《とどこお》ってしまわぬよう、わたくしも心構えのために伺ったのですが……己の想像力の乏《とぼ》しさを深く反省いたしました。新郎の正装をなさったマテウス様はあまりに素敵で……！　あの方の前では、数多《あまた》の花が恥じらい、美の神すらも頭《こうべ》を垂れて道を譲るでしょう！　もちろんわたくしも。生ける芸術の輝きを目《ま》の当たりにして、つい涙が止まらなくなってしまったのです」

「ソウデスカ……」

普通なら何の冗談だと思いそうな発言も、シャノンは正真正銘全力で口にしているので、余計に返答に困ってしまう。

はらはらとこぼれ落ちる涙も、理由を聞いてしまえばそういう演出に見えてくる。

「……あの？」

そうこう言っていると、彼女が覗いていた先の扉が開いた。

顔を覗かせるのは、シャノン曰《いわ》く『生ける芸術』らしい正装姿のマテウスだ。

「……あああっ」

「えっ、ちょ、シャノン様⁉」

マテウスを視認した直後、シャノンは口を押さえて倒れてしまった。とっさにリネットが抱えたものの、恍惚《こうこつ》とした表情を浮かべたまま気を失っている。

「え、シャノン⁉　それに、アイク兄さんとリネット様も、なんで……？」

「お、今日はちゃんと聞こえる声量だな」

ほっとした様子のアイザックとは裏腹に、マテウスは三人の顔を見比べながらオロオロしている。自分の妻になる女性が控室の前で急に気絶をしたら、無理もない。

（それにしても、『生ける芸術』かあ……）

改めて見るマテウスは、いつもと違い長い前髪を全て撫《な》で上げており、王家血筋の鋭《するど》い美貌がしっかりと見えている。真っ白な礼服は胸元に花束のような大きな飾りをつけていて、男性の装いとしてはかなり華やかだ。

確かに、見惚れてしまうのも納得の美形ではあるが、アイザックと日々顔を合わせているリネットとしては、それ以上の感想はない。そこは愛の差というやつだろう。

「改めて、結婚おめでとうマテウス」

「あ、ありがとう……えっと……それで、シャノンは大丈夫なんですか？」

「いや、お前に見惚れて動けなくならないように心の準備に来たら、甘かったようだぞ」

「え、ええ……？」

途端《とたん》にマテウスの頬にもボッと朱が走る。彼らは政略結婚でもあるため付き合いは長いはずだが、お互い初々《ういうい》しさがいつまでも残っているのは、なんとも微笑《ほほえ》ましい。

（まあ、私も人のことは言えないけどね）

いつまでも伴侶に恋ができるのは、最高の幸せだとリネットは身をもって知っている。

きっとシャノンとマテウスも、周囲が羨《うらや》むような夫婦になることだろう。愛が重すぎる点については、賛否分かれそうではあるが。

「シャノン！　貴女《あなた》こんなところにいたの!?」

ふいに背後から呼ばれたと思えば、シャノンによく似た女性が慌てた様子で駆け寄ってくる。

彼女の控室のほうから来たので、恐らく母親のハリーズ侯爵夫人だ。

「たいへん失礼いたしました。この子ったら、支度も途中なのに『マテウス様のお姿を見たい』と勝手に出てしまって……すぐに連れて戻りますので！」

容姿こそ儚げだが、母親もまた元気な方のようだ。リネットにもたれかかったままのシャノンを強引に立たせると、引きずるように戻っていく。

(言われてみれば、シャノン様の支度は途中っぽいわね)

ドレスも装飾が足りていないし、髪は恐らく手つかずだ。よほどマテウスのことが気になっていたらしい。

「ん……あら、お母様」

「あらお母様、ではありません！　花嫁としての自覚を持ちなさい」

引きずられる衝撃で起きたのか、シャノンは一瞬母親に視線を向けるが、すぐに顔をマテウスのほうへと戻す。

「……シャノン」

普段の淑女の鑑《かがみ》のような彼女からは、想像もつかないような浮かれぶりだ。

すると、去りゆく彼女たちにマテウスが声をかけた。普段はグレアムの通訳が必須だが、今日の彼もまた、いつもとは一味違うようだ。

「シャノンのドレス姿……楽しみに、待ってる、から」

「……は、はい！　マテウス様！」

真っ赤になっている新郎からの声に、シャノンは即座に英気を取り戻すと、背筋を正して控室へと戻っていった。その可憐《かれん》な顔に、世界中の幸せを集めたような笑みを浮かべて。

「これは、甘酸っぱいですね」

「変わった緊張の仕方だが、幸せそうで何よりだ」

残された者たちは、新婚特有の甘い空気にあてられて、照れたり視線を逸《そ》らしたりしている。

当のマテウスも、自分らしくない行動だと自覚があるのか、首まで真っ赤に染めながら両手で顔を覆《おお》っていた。

「少し話そうかと思ったが、心配なさそうだな、マテウス。また式で会おう」

「……はい、すみません……」

アイザックが激励とばかりに声をかければ、顔を覆ったままでしっかりと何度も頷《うなず》く。

この二人は、何の心配もいらないだろう。

「私もシャノン様とお話ししようかと思いましたが、後にしたほうがよさそうですね」

「だな。では、俺たちは責任者として段取りを確認しに行こう」

二人にあてられた分、リネットとアイザックもいつもよりしっかりと手を握り合って、控室の廊下を後にする。

ささやかながら連鎖する幸せが、これからもっと多くの人々に広がることを願って。

＊　＊　＊

そうして各所を確認することしばらく。

正午から半刻ほど早い時間より、マテウスとシャノンの結婚式が始まった。

コナハンの豊富な材木をふんだんに使った温かみのある座席には、ロッドフォードの有力貴族を始め、他国からも多くの賓客《ひんきゃく》が集まっている。

もちろん最前列はファロン公爵家とハリーズ侯爵家の者たちだが、その後ろに続くのはマクファーレンの王太子ソニアや、エルヴェシウスから弟妹《ていまい》たちを連れてやってきたファビアンとリュカ兄弟という錚々《そうそう》たる顔ぶれだ。

会場のほうも、ランプの周りに木製の囲いをつけることで光量を自然に抑え、厳かな空気が満ちている。生花と共に各所に飾られた枝葉の装飾は、まるで森の中にいるような幻想的な雰囲気を感じさせてくれた。

「室内の式は初めてですが、きれいですね……」

「ああ。それに、あの二人の雰囲気にもよく合っている」

客席ではなく、運営側として会場の壁際で見守っているリネットは、美しい景色に何度も感嘆の息をこぼす。先に確認はしていたものの、こうして着飾った人々を迎え入れると、印象もまた変わって見えるものだ。

それに、リネットたちの挙式は『参列者が多すぎて会場を外にするしかない』という異例の事態だったので、室内挙式がうまくできるかと緊張するところも多々あった。

……実は今回も溢れんばかりの人々が参列を希望してくれていたのだが、会場のお披露目《ひろめ》も兼ねているので、賓客を厳選して臨んだのだ。

断らざるを得なかった人々には、後日また別の機会を設けて、催事場を見学してもらうようにお願いしてある。

(室内だけど、聖壇《せいだん》周りは特に広々として素敵だわ)

誓いの聖壇は建物内でもっとも天井が高い場所にあり、ステンドグラスから注ぐ彩《いろど》り豊かな光が、空からの祝福にも見える仕様だ。

「……もう一回結婚したくなったか?」

「ふふ、否定はできませんね。本当に、素敵な式場にお招きできてよかった」

隣のアイザックと小さく笑いあって、そっと指を絡《から》めて繋《つな》ぐ。

――さあ、本番はここからだ。

控えめに奏でられる祝福の音楽に合わせて、両開きの重厚な扉が開く。

先ほど見た時と同じ華やかな装いで、しかし凛《り》々《り》しく前を向くマテウスが、背筋を伸ばした堂々とした姿勢《しせい》で中央の花道を歩いていく。

介添人代わりに同行しているのは、なんとファロン公爵こと王弟本人だ。今回は特別な式でもあるので、立場のある当主が一緒に参加している。

そうしてマテウスが聖壇の前に辿《たど》りつくと、再び扉がゆっくりと開かれた。

「……わぁ」

会場のあちこちから、思わずといった風の感嘆の声が聞こえてくる。

ハリーズ侯爵にエスコートされて現れたシャノンは、正《まさ》しく月の妖精だった。

大胆に肩を出した意匠のドレスながら、続く腕の部分に半分透けたレースをたっぷり使って袖を作ることで、色っぽさよりも品の良さが際立つ。

胸から腰にかけて咲き誇るのは、純白の絹の花だ。そこから広がる裾にも銀糸の刺繍《ししゅう》がきめ細かく施され、光を受ける度《たび》にきらきらと小さな輝きを残していく。

先ほどは手つかずだった髪も、ゆるく巻いた上で左側に丁寧にまとめられている。ベール越しでも花が散っているのが見えるので、きっと髪に小さな白い花を編み込んであるのだろう。

背中側にも、スカート付きのレースベールが光の尾のように広がっている。柔らかな白い軌跡を参列者たちの目に残しながら、彼女も聖壇へと辿りついた。

「今日の善《よ》き日に、この素晴らしい席に立ち合えることを光栄に思います」

両家の当主たちが離れたことを確認してから、年かさの聖職者が穏やかな声を紡ぐ。

実は彼、リネットたちの式でも進行役を請《う》け負ってくれた人物だ。今回もとんでもなく豪華な面々が揃っているが、臆することなく式を進行してくれている。

本来コナハンでは別の聖職者に任せる予定なのだが、今回だけは参列者に緊張しない人物ということで特別に来てもらったのだ。その選択は、きっと正解だった。

聖書の朗読と誓いの言葉まで滞《とどこお》りなく進み、式はいよいよ最後の証《あかし》に至る。

「……シャノン、本当にきれいだ」

「マテウス様こそ。素晴らしすぎて、わたくしは……」

いつもの長語りが始まろうとしたところで、マテウスの人差し指が「しい」と彼女の唇に添えられた。

「嬉しいけど……それはまた後で。僕は信仰対象じゃなくて、シャノンの夫だから」

マテウスのまさかの行動に、シャノンの白い肌が一瞬で真っ赤に染まっていく。肩を露出しているせいで、その様は誰の目にもはっきりと見えた。

「今は、一言だけ、欲しい……かな。……愛してる、シャノン」

「……っ、わたくしも、愛しています！」

飛びつくような抱擁《ほうよう》と、幸せ溢れる口づけ。

次の瞬間、わっと会場中に歓声が湧《わ》き上がった。

「二人とも、お幸せに！」

誰かが持ち込んでいたのか、あるいは盛り上げる演出が好きなどこかの魔術師の仕業《しわざ》か。

厳かだった式場に真っ白な花の雨が降り注ぎ、場内の空気は儀式から祭りのような賑やかさへと変わっていく。

「これは……またやられたな」

「あはは！　お祝いらしい雰囲気になりましたね！」

会場内に満ちる祝福を全身で受けながら、マテウスとシャノンは寄り添い合って花道を歩き去っていく。

といってもまだ退場ではなく、すぐ近くの中庭と、そこから続く披露宴会場へ移動するだけだ。ここで大事なブーケトスが行われる。

「とにもかくにも大成功！　だね、二人とも」

「ソニア様！」

いつの間にかリネットたちの隣に並んでいたソニアが、ぱちんと片目をつぶって見せる。

今回は式典ではあるものの、王太子としての正装のソニアはきっちり男装姿だ。

「お前は今度こそブーケをもらいに行くべきじゃないか？」

「ボクは相手には困っていないからね！　今回は主催側として、別の子猫ちゃんに譲ることにするよ」

ソニアがすいっと顎《あご》で示すと、扉の先では早速シャノンがブーケを投げる準備をしており、未婚の女性たちがこぞって会場から駆け出している。

リネットの式の時には、うっかりグレアムの手に落ちてしまったブーケだが、今度は誰の手に渡るのか。賓客たちの退席を見守りつつ、こっそりと最後列に並んで様子を窺《うかが》ってみる。

「それでは、参ります！」

涙声のままのシャノンが、細い両手を空に向けて掲げる。

再び上がる歓声と、ひらひらと舞う花びら。

「えっ⁉」

――果たして、今回の幸運を手にしたのも、また手を伸ばしたわけではない男性だった。

晴れた空と同じ色の髪に、猫のようなぱっちりとした深青の瞳。国章を含めた金装飾の多い正装をまとうその人物を、リネットたちも知っていた。

「トリスタン殿下か」

そう、マクファーレンとは反対側の隣国であるヘンシャル王国の第二王子、トリスタンだ。

意図せず手の中に落ちてきたブーケに首をかしげつつも、「まだ結婚はいいや」とすぐ隣にいた女性にあげてしまっている。

「やあ、久しぶりだね、アイザック殿下と奥さん。それと、ソニア王女も立太子おめでとう！　皆どんどん出世してて、私も見習わないとな」

王族とは思えないほど軽い口調で手をふってくる彼に、こちらもつられて手をふり返す。実はトリスタンもアイザック、ソニアと同年齢であり、何かと思考が近しい王族なのだ。

「本当にいい観光地ができたね。私もまた公務とは別でお邪魔させてもらうよ。それと、マクファーレン側とだけじゃなく、ヘンシャル側とも遊んで欲しいかな」

「それはここの成果次第《しだい》だな」

「では、次はボクの国から続けて、三国合同で何かしてみても面白いかもしれないね。どうだろう、リネットさん」

「わ、私ですか⁉」

「ははっ、それもいいね。ぜひまたゆっくり話そう！」

結婚式とは違う盛り上がりが、歓声の中に溶け込んでいく。どこを見ても幸せに満ちた空気は、確かな成功を実感させてくれる素晴らしい光景だった。

＊＊＊

「殿下、リネットさん」

ソニアとトリスタンとの話を終えて別れると、すぐさま別の声に呼びかけられる。

ふり返った先で待っていたのは、賓客として参列していたレナルドと、『梟』たちと共にこっそり警備にあたっていたグレアムだ。

そして、彼らの背後には、見慣れない青年たちが集まっている。

「そちらの方々は？」

リネットが訊《たず》ねると、兄二人はにっこりと笑った後に彼らを前へと促《うなが》した。

貴族とは違う礼服を着用しているので、参列者ではなさそうだ。特に、先頭に立つ三人の若者はガチガチに緊張して、両手をぴったりと太ももにくっつけている。

揃いの刈り上げた髪型が、なんとも涼しげだ。

「こ、この度は、誠におめでとうございます！」

「……ん？」

ややや裏返った声で祝われたかと思えば、腰骨が折れてしまいそうな角度でびしっと頭を下げる。その声に、リネットたちは聞き覚えがあった。

「……もしかして貴方《あなた》、アンガスさん？」

「は、はい！　そうです、王太子妃殿下！」

腰を折ったまま首肯《しゅこう》するので痛そうだが、間違いない。この催事場の下にすっかり埋まった洞窟で、反対活動をしていた彼らだ。

「あの変わった赤髪は刈り上げたんだな」

「はっ！　我々には、真似でも王太子殿下の赤を背負う覚悟が足りませんでした！」

今度は別の男が声を上げる。わずかに残る毛が金色に光っているので、きっと眉の色があっていなかった一人だろう。

「とりあえず頭を上げてくれ。お前たちの処遇は、頭領から聞いている」

アイザックが指示すると、おずおずと彼らは頭を上げる。

反対派として迷惑をかけた彼らは、師事している職人の頭領にそれはもうみっちりとしごかれ、下積み修行を全部やり直したそうだ。

その過酷《かこく》な労働は、もちろん建物の完成に一役買っている。

「これから披露宴だが、本当に素晴らしい結婚式場だった。建設に尽力してくれたこと、感謝するぞ」

「そ、そんな、もったいないお言葉でございます、王太子殿下……！」

堂々と感謝を告げるアイザックに、アンガスたちは涙を浮かべながら何度も頷く。

彼らの活動には憤《いきどお》る点も多かったものの、済んでしまえば愉快な思い出話の一つだ。

洞窟から発見された初代騎士王の遺産も、今は王都で厳重に保管されている。

「また新しい事業を始める際には、ぜひ職人の皆さんの力を貸して下さい」

「はい、喜んで!!」

先ほどの王族二人との会話も踏まえてリネットからもお願いすれば、ぶんぶんと力強く首を縦にふる。

もともとコナハンの皆は協力的だったが、一度ぶつかり合った上で繋がった縁なら、きっとより良い関係を築いていけるはずだ。そう信じたい。

「……じ、実は、その、皆様にご報告したいことがありまして……」

そんな穏やかな雰囲気の中、滲《にじ》んだ涙をぐいっと拭ったアンガスが、真剣な表情でリネットたちに向き直る。

「何かありましたか？」

「その、本当に個人的なことなのですが……俺、この催事場で、今冬《こんとう》に式を挙げることになったんです……！」

「えええええ⁉」

続いたアンガスの言葉に、思わず大きな声が出てしまう。

アイザックも初耳だったのか、目を何度も瞬《また》き、兄たちに至っては完全に固まってしまった。

「そ、それはおめでたい話ですね！　婚約してたんですか？」

「いえ、それが、皆様に叱《しか》っていただき、改心できたのがきっかけで……」

曰く、反対活動で迷惑をかけてしまったことを悔いた彼らは、心を入れ替えるためにとにかくがむしゃらに働いていたらしい。

その頑張りが功を奏して、村の女性と縁を結ぶことができたというのだ。

しかも、アンガスのお相手がまた驚きで、屋敷で最初にリネットに訴《うった》えてきたあの手伝いの女性だった。

彼女は金眉毛の妹で、もともとアンガスに惹《ひ》かれていたところに今回の一件があり、『改心した彼を支えたい』となって、結婚が決まったという。

「残りの二人も式はまだ先ですが、お付き合いさせていただいている女性がいるんです」

「はい、そうなんです！　おれたちの恋人は、二人とも観光地事業のためにコナハンに来てくれた子でして。彼女と出会えたのも、殿下がコナハンを選んで下さったおかげです！」

「冬は寒く雪深いせいか、俺たちでも手が出る価格設定にしていただいているんです。一番手はアンガスですが、俺たちもいつか必ず、この会場をお借りして挙式をしたいと思います」

アンガスに続き、残りの二人も満面の笑みと共に思いと決意を話してくれる。その目にはもう、洞窟で見た時のような妙な自信も卑屈《ひくつ》さもない。

「現地の方にも喜んでいただけるなんて、私たちもとても嬉しいです。おめでとうございます、アンガスさん！」

「はい！　本当に何もかも、皆様のおかげでございます！」

リネットが心からの祝福を送れば、三人の目じりにまた感涙が輝く。

マテウスとシャノンの挙式から始まったコナハンの地に、こうして幸せが連鎖していけたら本当に最高だ。責任者のリネットにとっても、至上の賛辞である。

「レナルド様と兄さんも負けてられないわね！　次はどっちかしら」

「………そうだな」

喜びの気分のまま話題をふれば、何故か遠い目をしたアイザックが答える。

当の兄たちといえば、レナルドは視線が泳いでいるし、グレアムは額《ひたい》を押さえて固まっている。祝福の空気、とは呼べなさそうだ。

「おかしいな……私もずっと真面目《まじめ》に働いているのですが……私を支えてくれる女性はどこにいるのでしょうね……」

「オレ、そろそろ女装の止《や》め時かな……男にモテてもな……」

「……強く生きろよ、義兄上《あに》たち」

――これは余談だが、レナルドの婚活は未《いま》だ対肉食令嬢の防戦一方で進展はなく、グレアムに至っては候補のこの字すらないらしい。

一季節が巡る間に相手を見つけられた彼らと、真面目に働いているのに縁のない兄たちの差は、きっと神のみぞ知る話だ。

哀愁漂う独り身たちの呟きには気付かないまま、アンガスたちは何度も頭を下げつつ、会場を去っていく。

その喜びいっぱいの後ろ姿は、コナハンの明るい未来そのものにも感じられた。

「おーい、アイザック殿下たち！　披露宴が始まってしまいますよ！」

彼らを見送り終わると、また別の方向から呼びかけられる。

そちらを向けば、満面の笑みで手をふっているのはファビアンとリュカだ。いつもの正装が白いせいか、二人とも今日は王族らしい深緑色の盛装に身を包んでいる。

「いけないいけない、今日の主役の新郎新婦をお待たせしてしまいますね！　行きましょう、アイザック様」

「ああ。義兄上たちも、辛気臭《しんきくさ》い拗《す》ねた顔はそろそろしまってくれ」

『拗ねてません』

重なった兄たちの声に吹き出しそうになりつつも、賑やかな声が溢れる披露宴会場へ向けて歩き出す。

「リネット」

「はい！」

差し出された最愛の人の手を握って向かう先は、何があってもきっと、喜びと幸せに満ちている。

あとがき

お久しぶりです、香月です。「にわか令嬢」シリーズ遂に最終巻となりました。ここまでお付き合い下さり、本当に本当にありがとうございました！

といっても、シリアス要素は前巻で解決いたしましたので、今回は『全員集合！まるごとコメディ巻』でしたが、少しでもお楽しみいただけたなら幸いです。

最後の最後まで本っ当にお世話になりました担当H様。九冊も素晴らしいイラストを描いて下さったねぎしきょうこ先生。そして、コミカライズを描き切って下さったアズマミドリ先生。皆様のおかげで完走することができました。

もちろん他にも、拙作の刊行を支えて下さった沢山の皆様、この本をお手に取って下さった貴方様に、この場を借りて心より御礼申し上げます!!

元にわか令嬢と剣の王太子（魔王）と愉快な仲間たちのお話もこれにて完結。またどこかで、貴方様とお会いできることを願っております。

それでは。剣の王国ロッドフォードより、愛をこめて。

香月 航

IRIS ICHIJINSHA

にわか令嬢《れいじょう》は王太子殿下《おうたいしでんか》の雇《やと》われ婚約者《こんやくしゃ》9

2022年2月1日　初版発行

著　者■香月 航

発行者■野内雅宏

発行所■株式会社一迅社
〒160-0022
東京都新宿区新宿3-1-13
京王新宿追分ビル5F
電話03-5312-7432（編集）
電話03-5312-6150（販売）

発売元：株式会社講談社
（講談社・一迅社）

印刷所・製本■大日本印刷株式会社

DTP■株式会社三協美術

装　幀■世古口敦志・前川絵莉子
（coil）

ISBN978-4-7580-9431-3

この本を読んでのご意見
ご感想などをお寄せください。

おたよりの宛て先

〒160-0022
東京都新宿区新宿3-1-13
京王新宿追分ビル5F
株式会社一迅社　ノベル編集部
香月《かづき》　航《わたる》 先生・ねぎしきょうこ 先生

IRIS
ICHIJINSHA

第11回 New-Generation
アイリス少女小説大賞

作品募集のお知らせ

一迅社文庫アイリスは、10代中心の少女に向けたエンターテインメント作品を募集します。ファンタジー、時代風小説、ミステリーなど、皆様からの新しい感性と意欲に溢れた作品をお待ちしております！

金賞	賞金100万円	＋受賞作刊行
銀賞	賞金20万円	＋受賞作刊行
銅賞	賞金5万円	＋担当編集付き

応募資格 年齢・性別・プロアマ不問。作品は未発表のものに限ります。

選考 プロの作家と一迅社アイリス編集部が作品を審査します。

応募規定 ●A4用紙タテ組の42字×34行の書式で、70枚以上115枚以内（400字詰原稿用紙換算で、250枚以上400枚以内）
●応募の際には原稿用紙のほか、必ず ①作品タイトル ②作品ジャンル（ファンタジー、時代風小説など） ③作品テーマ ④郵便番号・住所 ⑤氏名 ⑥ペンネーム ⑦電話番号 ⑧年齢 ⑨職業（学年） ⑩作歴（投稿歴・受賞歴） ⑪メールアドレス（所持している方に限り） ⑫あらすじ（800文字程度）を明記した別紙を同封してください。
※あらすじは、登場人物や作品の内容がネタバレも含めて最後までわかるように書いてください。
※作品タイトル、氏名、ペンネームには、必ずふりがなを付けてください。

権利他 金賞・銀賞作品は一迅社より刊行します。その作品の出版権・上映権・映像権などの諸権利はすべて一迅社に帰属し、出版に際しては当社規定の印税、または原稿使用料をお支払いします。

締め切り 2022年8月31日（当日消印有効）

原稿送付宛先 〒160-0022 東京都新宿区新宿3-1-13 京王新宿追分ビル5F
株式会社一迅社 ノベル編集部「第11回New-Generationアイリス少女小説大賞」係

※応募原稿は返却致しません。必要な原稿データは必ずご自身でバックアップ・コピーを取ってからご応募ください。※他社との二重応募は不可とします。※選考に関する問い合わせ・質問には一切応じかねます。※受賞作品については、小社発行物・媒体にて発表致します。※応募の際に頂いた名前や住所などの個人情報は、この募集に関する用途以外では使用致しません。